ハヤカワ文庫 SF

〈SF2469〉

カウンターウェイト

デュナ

吉良佳奈江訳

早川書房

9127

COUNTERWEIGHT

by

듀나 (Djuna)

First published in 2021 by Alma, Inc.

The original Korean edition was published as "평형추"
and authored by Djuna.
Translated by
Kanae Kira
First published 2025 in Japan by
HAYAKAWA PUBLISHING, INC.
This book is published in Japan by
direct arrangement with
GREENBOOK AGENCY.

This book is published with the support of
the Literature Translation Institute of Korea (LTI Korea).

天国へ梯子で昇らなくてはならないのなら
私はその招待を断るだろう。

マーセデス・マッケンブリッジ

目次

日本語版刊行にあたって

十年ほど前、ミン・ギュドン監督と、少ない予算で作れるSF映画について話したことがあります。私の提案は、軌道エレベーターを素材にすることでした。SFでお目にかかるこの発明品はスケールこそ壮大ですが、映像にするとかなりささやかなものになります。軌道エレベーターを後半にもってきて、残りの尺は軌道エレベーターに関連した地上でのハードボイルドアクションにあてたらどうだろうか？　そうすれば、わりと現実的な制作費で壮大なスケールの話を展開できるのではないだろうか？　私にはこれが理にかなったアイデアだと思えました。私はこのアイデアを試してみるべく短い短篇を書いて、数年後それをもとに長篇を書きました。そうしているうちに「現実的な制作費のSF映画」の条件はとっくに頭の中から消えてしまいました。私は小説家で、映画製作者ではありませんから。

この小説では、自分が子どものころからずっと読んできたアジアを舞台にした西欧小説を手本にしました。ただ、私にはそうした古典小説の生まじめさをそのまま取り入れることができませんでした。二一世紀初めにこのような小説を書く東北アジアの人間として、同じように書くわけにはいきません。にもかかわらず、この本にはそのような古典小説につきものの避けがたい不運が存在します。不運をまき散らしているのは、他人の国まで行って我が物顔でふるまう東北アジアの人たちです。本は、すでに私の手を離れました。私は読者がこの不運にもそれなりにもっともらしい意味と役割があるのだと、寛大に解釈してもらえるよう願うほかありません。

この文を書いている間、私はツイッターで（イーロン・マスク以外にXと呼んでいる人がいるのでしょうか?）二〇五〇年までに軌道エレベーターを建設するという計画を立てた日本の会社のポストを見つけました。開発途上の技術に基づく計画を鵜呑みにすることはできません。しかし、私たちは皆、夢を見られるじゃありませんか。その夢をSF空間の外で具体化させようとしている人がいるということなのでしょう。

二〇二四年十一月

デュナ

カウンターウェイト

登場人物

マック…………………………ＬＫスペースの対外業務部長
チェ・ガンウ…………………ＬＫスペースの新入社員
ハン・ブギョム………………（故人）元ＬＫ会長
ハン・ジョンヒョク…………（故人）前ＬＫ会長。ハン・ブギョムの戸籍上の息子
ハン・サヒョン………………（故人）ハン・ブギョムの娘
ハン・スヒョン………………現ＬＫスペース社長。ハン・ジョンヒョクの戸籍上の息子
ロス・リー……………………現ＬＫ会長
キム・ジェイン………………ＬＫ宇宙開発研究所所長。ハン・サヒョンの娘
アドゥナン・アフマド………（故人）パトゥサン出身の地質学者。ＬＫ建設の社員
アレクサンダー（レクス）・タマキ…………ＬＫの保安部長。ウルフパックと呼ばれる直属の部下を率いる
スマク・グラスカムプ…………グリーンフェアリー社副社長
ニア・アッバス…………………パトゥサン市長
キム・レナ………………………女優。ハン・サヒョンのパートナー
ザカリー・セケワエル博士……グリーンフェアリー社の現地職員。本名ネベル・オショネシ

プロローグ

カリフォルニア州　サンタテレサ

「ママは星になるんだよ」

灰色の制服姿の男は子どもに言った。

子どもは男が差し出した木箱を見つめる。箱の中には青いガラス瓶が、その中には白い遺灰が入っている。子どもはズボンのポケットから左手を出して人差し指の先で瓶をなでていたが、箱を支えなおした男の手首が手をかすめると電気ショックでも受けたかのようにビクリと後ずさりした。

「ママじゃありません」

男は慌てて瓶のラベルを確認した。その子の母親で間違いない。しかし、本当のことは誰にもわからない。家族ごとにそれぞれの事情があるものだ。その子にとっては、さっき自分を連れてきた女性だけが本当の母親なのかもしれない。

男の表情を読み取った子どもは、さっと首を横に振った。

「ママじゃありません。ただの灰です」

ああ、チビ哲学者だな。子どもの言葉は正しい。瓶の中に入っているのは、たかが数種の元素の粉にすぎない。超新星爆発で生成されて以来、数十億年の歴史の中でしばし人間の体の一部だったことにたいした意味などない。今日、爆竹とともに空に打ち上げられてから数秒間空を薔薇色に染める花火となり、空気の中に散らばってふたたびそれぞれの道を進むのだろう。

もうひとりの母親が来た。すらりとした華やかな美人だ。女優かなにか有名人だとは聞いているが、男にはアジア人女性の顔の区別がつかなかった。母親はクセのない英語で、男と短く言葉を交わすとタブレットに署名をした。蓋をした箱は、火薬と混ぜるために次の部屋に送られた。

その夜ヨットから打ち上げる花火大会が始まったとき、子どもの左隣には死んだ母親の〈幽霊〉が座っていた。母親の言葉と動作はこれまで秘書プログラムのアバターに少しずつ保存してあったので、そのAR幽霊はまるで生きているかのように見えた。子どもは今、夜空を照らしては散らばっていく母親の遺灰と隣に座っている母親の〈幽霊〉について、母親の記憶と彼女が書いた本と、母親が残した映像について考えている。子どもは死んだ人の精神をかつて構成していたこれらの情報が、徐々に散らばって霞んでいく光景を頭に描いた。

花火も母親だった。その中に、しばし母親の体を構成していた粉が入っているからではなく、ヨット、葬礼、花火がすべて死んだ母親の計画通りだったので。子どもが見ているのは死んだ母親の精神の延長だった。

誰ひとり、こんなにも早く見ることになると予想していなかっただけだ。

はちどりの襲撃《ハミングバード》

カチ、カチ。カチッ。磨り減って光る五セントと二五セントのコインがレクス・タマキの左手の上で踊っている。軽くうねらせる人差し指と薬指に操られたこの薄い金属板は、まるで自分だけの意志を持った生命体のように飛び上がって回転し、転がっては互いを飛び越える。

コインのダンスははじまりと同様に、急におわる。私の視線に気づいたタマキは宙に浮いたコインをサッとつかんでズボンのポケットに入れると、私に向かってニヤリと笑う。露骨に誘惑してくる微笑。タマキは同性愛者ではない。私をひやかして挑発するのが楽しいのだ。興味を失くした私は視線をそらした。

飛行機の内部は静かだった。直接耳に入ってくるのは、壁の外から聞こえてくる軽いモーター音のみ。このあからさまな沈黙は詐欺だ。タマキのチームの陰険な微笑を見るだけでも、奴らが自分たちだけの間でにぎやかなサイレントメッセージを飛ばしあっていることがわかる。奴らは私のために別のチャンネルをひとつオープンしておいてくれたが、客室に入ってから話しかけてきた者はひとりもいない。どうでもいい。奴らのくだらないジョークなど知りたくもない。

レクス・タマキは、ゴリラのようにはじけそうな筋肉をした同僚たちに比べて華奢に見える。見た目を信じてはならない。今どき筋肉は筋肉量とは比例しない。一五年前、オリンピックのドーピング検査に引っかかって金メダルをはく奪されて以来、タマキの肉体はたゆまず改造されてきた。目の前にあるのは規則に従わない、規則を軽蔑する者の肉体だ。

頭の中のアラームが二二時を知らせる。これから一八時間ゴンダルクォーターの司法権はタモエの行政府からLKに委譲される。司法権を得るためにこれまで三日間、私が島々を飛び回ってどんな所業をなしてきたか、語る必要もないだろう。

チームのメンバーたちは、あらかじめ約束でもしていたように立ち上がる。体がブンッと浮かび上がる感覚がして、目の前の金属のハッチがぐるぐる回転しながら開く。これまでゴンダルクォーターの三〇〇メートル上空でホバリングしていたハミングバードは、いまやエレベーターのように下降している。次第に大きくなる丸いハッチ越しに、ごちゃごちゃとプラスチックの箱を敷き詰めたような海辺の村が見える。

ハッチが開き、飛行機が高度一五メートルで速度を落とすと、メンバーは一人ずつ飛び降りていく。彼らは図体に似合わない優雅な身のこなしであちこちの屋根に音もなく着地すると、村の四方に散らばっていく。私はシートベルトに支えられ座席に座ったまま村を眺める。

ハッチを通して外の熱風が入ってくる。風には村の臭いが混ざっている。食べ物の臭い、魚の臭い、トイレの汚物の臭い、ゴミの臭い、人の臭い。あの適当に敷き詰めた箱の山の中で、数千人の人間が息をして食事をして排泄しては眠り、吐き、セックスをして子どもを作る。吐き気がする。

「俺たちも楽しむとするか、マック？」

タマキの声が聞こえる。〈ワーム〉を通して聞こえてくる音ならではだが、周りの騒音とは隔離されている。神聖さを失い、不気味さだけが残った神の声だ。

目の前にAR画面が開く。村のあちこちに青と赤のドットが浮かぶ。青いドットはLK保安部の要員で、赤いドットはひと月まえにパラでドラミン党の要人を暗殺しここに逃げ込んだパトゥサン解放戦線の一味だ。私は次の画面を開き、青の一人称視点《POV》から現場を点検する。AK-1を構えて青を狙っている赤いドットの顔に、白い泡が飛び散る。別の青いドットに向かって拳をふるっていた赤いドットは、青に蹴り飛ばされ後ろに吹っ飛ばされて壁にぶつかる。赤いドットのうち一つは、銃口を咥えて引き金を引き、すでに顔の半分が吹き飛んでいる。青いドットの一つはサメのように群がってくる子どもらを引きはがしている。

再びAR画面に戻る。ぽつんと孤立している赤いドットはもうひとつもない。彼らはみな青いドットに捕捉されていて、数秒前から黄色いポイントでマークされた村の一地点に向かって移動している。現在一一時一三分。一五分以内に作戦は終わるだろうとタマキは予想していた。

ハミングバードはハッチを開いたまま黄色いポイントに向かって進む。そこは村の広場として使われる小さな空き地で、翼をたたんだハミングバードがなんとか着陸できる広さだ。我々が着陸すると、周りには人がギリギリで行き来できる空間しか残らなかった。

飛行機から降りた私は、汚れた顔を乾いた泡に覆われて拘束装置につながれたまま引きずられてきた男たちを無視して、最後の赤いドットが停止している北側の建物に向かう。さっきまでは小動物のように叫び声をあげて保安部の要員たちにかじりつき、蹴飛ばしていた子どもたちは無表情で我々を眺めている。

赤いドットがある家のドアは半ば開いていた。同僚が近くで身を乗り出し、現状を撮影して転送している間、タマキは死んだ男の残された頭蓋骨にハンマーで短いパイプを打ち込んでいた。

「そんなことをして、何になるんだ？」

私は尋ねる。

「死んだ人間は、思ったよりも記憶力がいいからな」

淡々とした答えが返ってきた。

彼らが死人の記憶を回収できるよう放っておいて、私は〈ワーム〉を通して入ってくるそのほかの情報を検討する。逮捕されたテロリストたちの機器の中にあった情報は収集され、分類され、整理される。私は神経質に手をすり合わせては頭を掻く。これほど多くのことが起きているのに自分の両手は何もできないという事実を、私の体は最後まで理解できないだろう。

探しているのは、主に内部スパイに関する情報だ。暗殺事件自体は、知ったことではない。死亡者はほとんどのドラミン党員と同じく、いてもいなくてもかまわないカカシで、一番役に立つのは死ぬときだ。LKは事件から二日目に暗殺者二名の身の上と居場所を確認していたが、これまでパラの行政府と情報共有していないのにもちゃんと理由があった。

保安部のコンピューターが整理した一五四人のリストが画面に浮かぶ。その中に重要人物は三〇人前後で、私が率いる対外業務部が注目すべき名前は九人だ。七人はLKの中間幹部で、二人はパトゥサン市の公務員だ。彼らはすべてウォッチリストに載せて泳がせる。

どのみち我々が現在得られる情報に価値があるのはせいぜい二週間ほどで、逮捕やら情報公開やらに浪費する時間はない。

要約された情報を報告書に書き加えて対外業務部に送ると、リストに書かれたほかの名前と写真にざっと目を通す。ほとんどは今日逮捕した者と親しい人物か、要注意人物としてマークされていた。実際に解放戦線につながる可能性のある者もいるが、ほとんどは名前の確認だけで充分だ。

リストのスクロールが停止した。検索画面が開き、個人情報と写真資料が浮かぶ。退屈なヘアスタイルに、それなりに整った顔をした二〇代後半の男だ。名前はチェ・ガンウ。LKスペースの平社員で、このリストに名前の挙がった唯一の韓国人だ。なぜこの個人情報を保存しておいたのだろう。私はしばらく困惑した。

ああ、そうだ。ようやく思い出した。ひげを脱毛していないあの韓国人か。

ほどよく疑わしい新入社員

チェ・ガンウに初めて会ったのはパトゥサンの地下一七階にあるカフェテリアだった。LKグループ創立二三二周年イベントのためにロス・リーが来ていたので、誰もが死ぬほど忙しかった。なんとか抜け出した私は、ロス・リーもハン・スヒョンも見えないところに隠れるべく地下に下りて行った。市全体を連結する滝のようなエスカレーターでどんどん下降していくと、社員用カフェテリアに出た。

店内はソウルと全州《チョンジュ》から連れられてきた新参エンジニアたちであふれていた。女も男も、みんな似たようなスーツ姿で、よく似たすっきりとした顔をしていた。ユニット別にテーブルを囲んで食べているメニューも似たようなもので、しかもスプーンと箸を動かす手つきも同じリズムで動いているように見えた。みんな新しい環境に少し圧倒されているか、怯えていた。

チェ・ガンウに目を留めたのは、単純にひげ剃り跡のためだった。カフェにいた韓国人男性の中で、顔の脱毛をしていない人間は彼しかいなかった。それはつまらないプライドの痕跡のように私の目に映った。毎日わざわざ剃ってまで、伸ばすわけでもないひげにこだわる理由は何だろうか。自分はまだ男だぞというアピールだろうか。

一度顔に目を留めると、別の面も目に入ってきた。すでに述べたが、チェ・ガンウはそれなりに整った顔をしている。しかし、隣に座っている同僚たちのように端整な見た目ではない。顔のバランスも左右対称ではないし、肌のきめは粗く、大きな目と口は飢えているように見える。LKが好む顔ではなかった。顧客担当業務を任される可能性はない。

好奇心を刺激され、私はその顔をスキャンして個人情報を確かめた。たいした経歴ではない。学歴も見るべきものはなく、成績もはかばかしくなかった。LKには三度目の挑戦で合格しているが、驚いたことに最後の試験の成績は二等だった。会社でも疑わしく思ったのか、より厳密な面接試験が追加され、チェ・ガンウはこれをパスした。事情があるのだろうが、わざわざ裏を取るほどでもなかった。個人情報をとりあえず〈ワーム〉に保存したきり、忘れていた。

それが、八カ月経って突然パトゥサン解放戦線の暗殺者たちの記憶装置から彼の名前が飛び出してきたのだ。

ふたたびハミングバードに戻ると、私は座席に着いてシートベルトを締め、〈ワーム〉

から送られたチェ・ガンウの情報をチェックする。資料の大部分は、Z・Sというイニシャルで呼ばれる人物が書いたものだった。彼はLKで働く職員の中から解放戦線に取り込むべきターゲットを物色していたが、情報はバラバラで整理されていなかった。

報告書によれば、Z・Sは二カ月前にジュエル川の河口付近でチェ・ガンウに出会った。チェ・ガンウは捨てられたコーラ缶に止まっていたエメラルドアゲハを写真に撮ろうとして沼に入っていき、身動きが取れなくなっていた。Z・Sは困り果てていたチェ・ガンウを泥沼から引っぱり出してやり、夕食を共にした。翌日、チェ・ガンウはターゲットのリストに載った。理由？　報告書の単純明快な論理によれば、チェ・ガンウは蝶が好きなので環境主義者であり、すべての環境主義者は反企業主義者だった。環境主義者たちはむしろパトゥサン軌道エレベーターの建設計画を支持していることや、チェ・ガンウがLKという大企業に入るべくあがいてきた三年間はあっさり無視された。そんなことを気にするのは上の人間たちだ。リストに韓国人の正規社員の名前が挙がっていることのほうが、Z・Sには重要だった。

その後もZ・Sはチェ・ガンウと接触を続けた。時には宿舎に遊びに行き、パトゥサンの蝶のコレクターや環境運動団体のメンバーを紹介した。いうまでもなく、その中には解放戦線の幹部たちもいる。

ひと月ほど続いた取り込み工作は、うやむやになって終わった。彼らは相変わらず正社員を取り込む希望を捨てていなかったが、チェ・ガンウは彼らが考えていたような対象ではなかった。模範的なLK社員がすべき言葉だけを口にして、少しでも話がそれるとサッとその場を去った。最後の報告書によれば、解放戦線はその態度だけでなくインターンに毛が生えた程度の平社員だったことに失望したようだ。チェ・ガンウは入社同期たちよりも五歳も上で、さらに老けて見えたので、もっと高い職位にいると思われていた。

さあ、どうしたものか。チェ・ガンウとZ・Sとの関係を逆に利用して、解放戦線に潜入させる方法もある。しかし、それに何の意味があるのか。今ある情報だけでもZ・Sを特定し、誰の指示か調べ出すなど朝飯前だ。こんな仕事のための訓練をしたこともない社員を潜入させるというのは、古いスパイ小説ならウケそうな筋書きだが。

私はチェ・ガンウを放っておくことにする。これらはすべて、使いどころのない追加情報にすぎない。これに関する情報は対外業務部から外に出る理由がない。どうしても疑わしいのなら一度面談を頼んでみるまでだ。しかし、ただでさえ険しい新入社員の未来を邪魔する理由はない。

パトゥサン

ブライアリー諸島の端にそびえる十字架の形をした小さな島国。植物は寄生しているが生物学的多様性は情けないほど乏しいジャングル、島の中心には役にも立たない死火山。地下水を惜しげもなく汲み上げたせいで地盤が崩れ、泥の中に埋まってしまった村と街。そして美しい、実に美しい蝶。

ＬＫ進出前のパトゥサンはそんなところだった。

一五年前、ＬＫがパトゥサンでの軌道エレベーター建設計画を発表したとき、みんなの反応はなぜそんな役にも立たない真似をするのか、というものだった。ＬＫはすでに軌道を回るスカイフックで毎日三、四機ずつ宇宙船を軌道と軌道外に飛ばしていた。それだけでも宇宙時代の幕開けを実感するには充分だった。スカイフックは比較的作りやすくて軽く、面白くてスピーディーだ。それに比べると、巨大で鈍くて遅い軌道エレベーターは、飛行船のような過去の夢に近い。美しくて荘厳だが、あえて実現する必要のない夢。

ＬＫのスカイフックが発展を続けている間、人知れず、軌道エレベーターを建設できるだけの技術基盤が少しずつ積み重ねられていった。軌道エレベーターは、すでに古いＳＦ作家たちの妄想ではない。充分に建設可能で収益を出せる現実の構造物だった。そして、もとの人口の三分の二が近くの二つの島に散り散りになって、ほとんど廃墟と化していた往年のリゾート地ほどこの計画に似合う場所はない。

パトゥサンは今や地球の関門だ。静止衛星から両側に伸ばした一筋の蜘蛛の糸は、パトゥサンに届くずっと前から自分の役目をはたしてきた。島に届いてからは少しずつその数を増やして太く丈夫になり、長く複雑になりつつある。島の工場は果てしなく宇宙へ続く道を作り出していて、その作業は会社が生きている限り止まる予定はない。

その工場を中心としてパトゥサンは生き返った。かつて四〇〇〇まで減った人口は、八九万まで増えた。海辺には新しい港と空港ができ、そこから軌道エレベーターの起点となる山頂までの細長い新国際都市が建設された。世界中から数えきれない人々が押し寄せて、宇宙への道のりを均《なら》している。

満足している人ばかりではない。パトゥサンはすでに一介の多国籍企業の所有物だ。政府は形骸化している。ＬＫがどれだけじゃぶじゃぶと金をばらまいても、古くからの島民たちは満足しない。彼らのほとんどは都市のシステムに組み込まれないマイノリティーに転落した。ずいぶん前にパラとタモエに移住した人々は補償金すらもらえていない。三つの島のどこかでパトゥサン解放戦線が生まれる。爆弾が炸裂し、人が死ぬ。意外なことに解放戦線の資金は潤沢で涸れることがない。彼らを支援して分け前にあずかろうとするバックがついているのだ。

ヤツらをあしらうのが、私の仕事だ。

机の前のスクリーンへ視線を向ける。三分割の画面から三つの顔が私を見つめている。

中央の細面は現LK会長のロス・リーだ。二十年前まで全世界で最もクリエイティブなエンジニアだった。エレベーターの基盤となるLKチューブの大量生産が可能になったのも、この男の天才的なアイデアのおかげだ。しかし、現在は会社が財閥禁止法を避けるべく選んだカカシだ。今頃はオペラかバレエでも見ているべき人間が、関心のない事件報告の場に引っ張り出されている。左側の唇の薄い男は故ハン・ジョンヒョク前会長の息子で、LKスペースの社長を務めるハン・スヒョンだ。すでにLKグループの実質的なリーダーになったと信じているようだが、まだまだだ。右の女性はニア・アッバス市長。パトゥサンでは総理に次ぐ実権者だ。しかし、パトゥサン政府の全員がLKから給金を与えられている今この状況で、権力に何の意味があるだろう。

「二時間前に暗殺容疑者たちがパラで逮捕されました」

私は続ける。

「我々からは情報は提供していません。パラ警察が予想よりも優秀だったのか、あるいはインドネシア情報部が介入したのでしょう。ゴンダルクォーターの一味を支援していたのもインドネシア情報部かもしれません。これは二日以内に確認できます。

リストに上がった者たちにはすべて監視を付けました。尋問など無意味です。一人ひとり、あまり知っていることはないのです。自分はわかっていると錯覚している者もいますが、それほど緩い組織ではありません。とりあえず彼らが手足となって動くのを見ないことには、解放戦線全体のシステムがどのように動いているのか、その上に何が存在するのかわかりません。ゴンダルクォーターでの事件をあちら側でどのように受け止めるかは重要ではありません。あちらの解釈がどうであれ、我々は追加情報が得られるでしょう」

「それしかないのですか？　パラとタモエの行政側に情報を与えて協力を募ることはできませんか？」

ロス・リーが言う。

「どちらにせよ、誰かの手を血で汚すしかありません。それなら我々が汚れ役になるのがよいでしょう。これはすべて合法的に行われました。我々は地球規模のテロを起こしかねない狂信者を止めたのです。負傷者を出さないなど不可能です。誰かが死ぬほかありませんでした。ＬＫは、どうにもならないあの状況で若干の利益を上げただけです。これを独善的だと言えるでしょうか？　今、タワーは人類のもっとも重要な財産なんです」

ハン・スヒョンはかすかに笑いながらうなずく。ゴンダルクォーターでの殺人行為で自分が持つ権力を実感したのだ。これらのすべてはハン・スヒョンが責任を負ってサインをしたからできたことだ。ＬＫが犯した殺人でロス・リーが心苦しくなればなるほど、ハン・スヒョンは有利になる。

市長が対外業務部の作った資料に質問を重ねてくると、話は退屈になる。私はあらかじめ準備しておいた答えを上の空で諳んじて退場の準備をする。決め手になる最後の言葉が必要だ。ロス・リーとハン・スヒョンが私に一目置くような。

「デイモン・チュ、バンダルスリブガワンのＨ＆Ｈレンタル倉庫訪問」

おおかた存在する男

デイモン・チュはLKスペースの対外業務部で七年間働いている。韓国系の母親と中国系の父親を持つサンフランシスコ出身のアメリカ人。三五歳で独身だ。バンダルスリブガワンでの勤務は四年目になる。

この情報から抜けている些細な問題は、デイモン・チュが実在しないという点だ。この文章にはいかなるアイロニーも込められていない。本物のデイモン・チュが実在するかどうかは重要ではない。存在の有無にかかわらず、いるようないないようなこの男は、LKグループに雇用されている多数の在宅勤務社員と同様に完璧に自分の業務をこなしている。場合によっては、実態のある同僚よりも使い道がある。彼らには会社の業務を妨害するような意見も意思も欲望もない。どこにでも飛ばせるし、いつでもクビにできる。さらに政治状況がまずくなれば殺すこともできる。ほかの人たちがどう思うかわからないが、少なくとも私の考えでは誰かが死ぬべきときに、本物の人間を殺さずにすむのはメリットだ。ＬＫスペースだけでもこのようなカカシが一七人もいて、グループ全体ではもっと多いはずだ。

デイモン・チュは私とハン・ジョンヒョク会長の発明品だ。私はこのカカシのことを、会長と自分の間に生まれた息子だと考えるのが好きだ。外見情報を作るときは実際に自分と会長の容貌を三〇パーセントずつ混ぜた。半々にすることも可能だっただろうが、それは少し気持ちが悪かった。些細だが面倒な法的問題をたやすく解決するための使い捨ての解決策としてこの男を作って責任を押し付け、その問題が終わってからはＬＫグループの血管の中をめぐるように放置しておいた。その間にデイモン・チュは一五万の国際クレジットと若干の不動産、そしてＨ＆Ｈのコンテナひとつ分の私物を所有する、いかにも存在しそうな男に成長した。会長が亡くなり、彼のことをきちんと知っている人間は私しかいないのだから、この財産は私のものだった。私はデイモン・チュのことを、会長から譲り受けた遺産だと勝手に考えてきた。今は多忙で自分の月給を使う暇もないが、会わせて二一万国際クレジットの余裕があるのは悪くない。

しかし、この存在しない男が今Ｈ＆Ｈを訪れて、コンテナから私の所有物を勝手に持ち出したのだ。

私は驚いてＨ＆Ｈに連絡する。残念だが、スクリーンに浮かんだ情報がすべてだ。以前だったらバンダルスリブガワン警察の中にいる友人に助けてもらうこともできただろうが、今ではそれも難しい。数年前から警察のシステム全体がＡＩに管理されている。ほかの方法はないか。しばし頭を回転させていた私はパトゥサンで働く社員の中で、今その都市に誰がいるか検索する。実際に社員の誰かがそんなことをしたと思ったわけではない。そこで端緒をつかもうとしただけだ。

共に休暇をとって遊びに行っている五人の名前が浮かぶ。

チェ・ガンウもそのうちの一人だ。

チェ・ガンウが滞在するホテルの位置を検索する。Ｈ＆Ｈから五〇〇メートルも離れていない。彼のフォンにメッセージを送り、位置を確認する。チェ・ガンウはＨ＆Ｈから一〇〇メートルの地点をホテルに向かって歩いている。持ち出したのはポケットかカバンに入れられる小さな物だ。何だろう？　エルジェのサイン入りの〝タンタン〟のポスターではない。よかった。あれは本当に誰にも譲れない品物だから。それ以外に何があっただろう？　いくばくかの現金とアンティーク家具、バチカンが破産したときに匿名で購入した真偽の定かでないアラム語の預言書、会長が子どもの誰にも譲りたがらなかった卑猥な美術品、今後一年間、明るみに出なければ誰にとっても結構なことだが、処分してしまうわけにはいかない違法行為の証拠たち。コンテナは私の武器庫でもある。バンダルスリブガワンまで行って、武器を振り回すことはなさそうだが。

チェ・ガンウはどうやってデイモン・チュの情報を手に入れたのだろう？　情報が洩れるのは残念だがありうるケースだ。世の中に完璧な秘密などない。しかし、なぜデイモン・チュなのか。このカカシの秘密は深く深く埋め込んであって、探す労力に見合う使い道はない。インドネシア警察が倉庫を捜索するとなればみんなが迷惑がるだろうが、死人に口なしだ。なによりデイモン・チュの正体を突き止める情報力を持つ誰かが、その事実をこんなにもやすやすと漏らしてしまう理由がない。

チェ・ガンウの情報をふたたび確認する。両親はいない。母親は一七年前に北米の白人至上主義者たちが作ってアジアとアフリカにばら撒いた十字軍ウイルスの犠牲者の一人だ。父親は八年前に登山中の事故で死んでいる。家族は二歳上の姉しかいない。姉は四年前にアジキウェ病を患って死にかけた。治療費は保険でカバーされたが、完治してから元の生活に戻るまでにはかなりの金が必要だ。お、チェ・ガンウの父親にはＬＫとの揉め事があるな。個人発明家が大企業に取って食われたくなければ、エージェンシーに加入すべしという当然の教訓を思い出させる、よくある出来事だった。チェ・ガンウの父親の発明品は、現在パトゥサンの上空に這いあがっていくスパイダーに電力を供給する数千の部品の一つだ。警察は父親の死が事故ではない可能性も検討したが、追加の捜査はしていない。

死んだ父親の復讐を果たすべくLKに偽装入社した男。古い韓国ドラマにありそうな話だ。だが、この程度の公開情報は人事部も当然知らないはずがない。追加の厳密な面接も入った。心理検査とウソ判定テストも受けている。入社テストの成績が急上昇した件も調査があった。会社は私の知るすべて、いや、それ以上を知りながらチェ・ガンウを入社させたのだ。

陰謀を企《たくら》んでいるのは解放戦線ではなく、会社側なのだろうか？　この怪しい個人情報がすべて捏造されたオトリだったら？　会社がはじめから解放戦線をおびき出すためにこれらを捏造していたとしたら？　そんなはずはない。この内容なら私を無視して進めるなんてありえない。しかし、本当にそうだとしたら？　上層部で私が知らない陰謀を進めているとしたら？　私もまたディモン・チュと同じ消耗品にすぎないとしたら？　あのカカシよりもましなところは何か。三カ国に前科が残り、家族も友人もいない無国籍者。それなりのセーフティーネットを提供してくれたハン会長は二年前に亡くなり、私の代わりはいくらでもいる。グループ内の誰かにハン会長が砂をかけて残していった糞くらいに思われて、そんな私を片付けようと計画される可能性ならいくらでもある。

しばしためらってから私はマンションを後にした。外に出て山の中腹から流れ出す、輝く滝のようなパトゥサン市を見上げる。チェ・ガンウのマンションは一五〇メートル上、七〇〇メートル離れたところにある。私は都市全体をつないでいるエスカレーターに乗って登っていく。

私はマスターキーでドアを開けると、チェ・ガンウのマンションに入る。空っぽのホテルの部屋みたいだ。片側の壁を占めるテレビ、ベッド、ソファー、ティーテーブル、デスク、椅子、クローゼットがすべてだ。空間の主人の個性をそれなりに見せているのは、デスクの上に置かれた陶製の聖母像と家族写真くらいだ。少年時代のチェ・ガンウらしき少年と、父親、姉と思われる二人。整ってはいるがどこか粗《あら》があるチェ・ガンウとは違って、姉には伝統的な美人に成長する片鱗が見える。気になって、最近の写真を検索してみたところ、予想通りだった。

私は椅子に座り、物のないマンションの内部を見回した。ここで眠り、テレビを見て雑務を片づけるチェ・ガンウの姿を、目を閉じて想像してみる。クローゼットに残っているいくらもない服に鼻を押し当てて、残っている体臭を嗅ぐ。私の人生に突然登場したこの男の存在を読み取ろうとしてみる。

そのまま帰るわけにも、みくびって反撃されるわけにもいかない。どうしても、正体を突き止めなくては。それもできるだけ早く。

「セケワエル博士と名乗っていました。それしか覚えていません」

チェ・ガンウが言う。

私は腕組みをして、背中を反らす。チェ・ガンウは身をかがめてデスクを見つめている。心配そうな表情に嘘はなさそうだ。嘘だとしたら、真に迫った演技だが、この男にはそんなことを学ぶ機会などない。

「周りからはザックと呼ばれていました。セケワエルは苗字のようです。私はこの国の名前はよくわかりませんが」

「何と言って近づいてきたのですか？」

私はできるだけ冷静な口ぶりで尋ねる。

「昆虫学者だと言いました。それから、蝶は好きか、と」

「好きですか？」

「何が、でしょう?」

「蝶です」

「ええ、好きです。しかし、採集などはしません。自然史博物館へ行けば、蝶の標本はいくらでも見られますから。生きている蝶が好きなのです。バタフライウォッチャーですね。パトゥサンには七五種の蝶がいて、そのうち三二種はこの島の固有種です。時間さえできれば蝶を見にいきます」

「珍しい趣味ですね」

「僕は田舎で育ちました。それに人見知りで友人も多くありませんでした。虫を見るのが好きでした。特に蝶です。昆虫学者になりたくてもそんな余裕はありませんでした。家が貧しくて、早く稼がなくちゃならなくて。といっても、いい学生でもありませんでした。自分の関心のないものには集中できません。雑学はあるのですが」

「入社テストでは二等でしたよ」

「姉が病気になって、モチベーションが上がったのです。それに僕が合格したときは試験方式が有利に変わっていました。基準ができて能力が平等に評価されるようになりました」

「お父さんが嫌な思いをした会社なのに、どうしてこの会社を選んだのですか?」

「自分を証明したかったと言いましょうか。この話は面接のときにもしたのですが」

蝶の話をしている間しばらくは明るかったチェ・ガンウの表情が曇る。心配事を隠せない、ＬＫが好まない顔。

「仕事はできますよ。真面目ですし。仕事については勘もいいです。でも、人付き合いが下手で周りの同僚と交流がありません。ぼんやりしていると思ったら、変なことを言って雰囲気をぶち壊して。チームプレーヤーではないですね。寧越《ヨンウォル》の田舎で病気の姉さんの世話をしながら在宅勤務をしていればいいのに、どうしてパトゥサンまで来たんだか」

チェ・ガンウが所属するユニットリーダーのハ・ジョンレという男から昨日聞いた話だ。

「在宅勤務でも可能な業務ですか？」

「可能ではありませんが、在宅勤務に回してもかまわない人材だという意味です。でも、本人はかなり野心があるようですよ。それに軌道エレベーターそのものが好きなんです。担当業務外の知識もかなりあります。あ、蝶も好きだそうですね。蝶と軌道エレベーター。その二つとも好きだったら、人付き合いが嫌でもパトゥサンに来てよかったかもしれませんね。出世は見込めませんが」

私は咳払いをして姿勢を直す。

「セケワエル博士と自称するその人物は、パトゥサン解放戦線のスパイです。さいわい、チェ・ガンウさんのとった行動はすべて間違っていません。会社の機密を漏らすこともなく……」

「会社の機密など知りませんから」

チェ・ガンウは状況もわからず割って入って、私の台詞を台無しにする。

「それよりも重要なのは、セケワエル博士と名乗るその男がまだ自分の正体がバレたと知らないことです。ですから、あなたは我々対外業務部の重要なリソースです。会社のために、どれだけご協力いただけますか？」

「でも、僕はそんなことはできませんよ？　スパイみたいな真似は。口下手だし、人への対応も苦手ですし」

「素晴らしい演技などしなくともいいのです。危険にさらされることもありません。それにこちらの力になってくれれば、お望みのチームで働けるように口利きもしましょう。最上階はいかがですか？　あそこで働けばスパイダーに乗ってステーションにも平衡錘《カウンターウェイト》にも行くことができます。パトゥサンに来てから、宇宙に行ったことはありますか？」

チェ・ガンウの表情が急に明るくなったのを見て、内心笑ってしまう。ああ、そうだな、君にスパイは無理そうだ。

聞くべきことを聞き終わってタイ料理は好きかと尋ねると、チェ・ガンウはあまり考えずにうなずく。私は二日前に予約したシャムサンセットの窓辺の席に、釣り上げたばかりの新米エンジニアを連れて行く。パトゥサンで一番高いところにあるレストラン。天気がよければ、島の三分の一とパラ島の先端が見えるところ。

食事をしながら私はチェ・ガンウから少しずつ話を引き出した。彼にとって意味があるのは三つだけだ。姉、蝶、軌道エレベーター。だが、なぜエレベーターなのか？　なぜLKグループの中でもっとも入社困難なLKスペースを選び、パトゥサンに来たのか？　以前から少しでも関心はあったのか？

「お父さんの発明品が使われているからですか？」

私は注意深く尋ねてみる。

「それもありますが、よくわかりません。はじめは、ただそういうものがあるんだな、と思ったくらいです。完成したら宇宙進出から気候コントロールに到るまで、よいことばかりだと思いました。でも、LKスペースに入ろうと決心した瞬間、急に関心が湧きました。ドアを開けたら向こうから海水が押し寄せてくるみたいに。もう少し上手なたとえができるといいのですが、僕はこういうのが苦手で」

「それで、今は？」

「蝶と同じくらい好きです。蝶よりも好きなときもあるほどです。面接のときにもこの話をしましたが、みなさんよろこんでいるようでした。それで選ばれたのでしょうか？」

酒が入るとあらゆる話が飛び出してくる。コンスタンチン・ツィオルコフスキーからミカ・ベテルまで受け継がれる軌道エレベーターにまつわる数多くの科学者とエンジニアたちの歴史、パトゥサンの歴史、ＬＫの歴史、これから実現するだろう燦爛《さんらん》たる未来。あまりに情熱的なので、間違って昔の映画に出てくる韓国のプロテスタント教会に入り込んだのかと思った。

何か腑に落ちない話だ。蝶と軌道エレベーターのどちらも好きだということ自体は異常ではない。しかし、軌道エレベーターについて話すチェ・ガンウは少し別人になる。蝶の話をするときの夢見るようなぼんやりとした感じが消え、緻密で組織的で独断的なもう一人の人間が現れる。手振りを加えながらＬＫのポリシーを批難するころには、自分が古参のエンジニアたちの尻尾について行く末端社員だということを、うっかり忘れているように見える。

おかしな気分だ。この男の言葉遣いと態度には私が慣れ親しんだ部分がある。この親しみはどこから来るのだろう。

オトリ人間の使用法

ザカリー・セケワエル博士の本名はネベル・オショネシだ。パラの出身で、そのほかにアイルランドとスラコの国籍を持っている。別の身分を少なくとも三つ以上持っていて、それぞれが二つ以上の国籍を持っているはずだ。国籍が一つもない人間もいるが、多すぎるほど持っている人間もいる。

蝶にも軌道エレベーターにも関心のない人間だ。オショネシはビエンチャンに本部を置くグリーンフェアリーという会社の現地社員だ。名前だけ聞けば高級リカーでも売っていそうだが、実際は警護会社だ。それも表に出ている部分だけで、残りのほとんどは営利スパイ組織だ。産業スパイ専門だが、グリーンフェアリーは顧客をえり好みしない。私がこの会社について知っているのは、かつてLKもまたその顧客だったからだ。我々は今ではそのようなことを外注に出さないが、八年前までは事情が違っていた。

状況そのものは大きく変わったわけではない。解放戦線が雇用した会社の名前が一つわかっただけだ。わざわざチェ・ガンウを介入させる必要はない。解放戦線とオショネシは、ずいぶん前にこのつまらない男への関心を失くしている。ここから先に進むとしたら、これは純粋に私の個人的な好奇心のためだ。そうじゃないか？

そうじゃなかった。私がチェ・ガンウと面談をしてからちょうど四日後に、チェ・ガンウからメッセージが届いた。セケワエル博士がふたたびパトゥサンに戻ってきて、翌日の約束を取り付けたと。どうすべきか。

解放戦線の次の出方は計算済みだ。ゴンダルクォーターの襲撃以来、あちらは我々と自分たちの情報力を再点検しただろう。我々がオショネシとチェ・ガンウの関係に気づいたこともわかっているだろう。それまでは取るにたらない存在だったチェ・ガンウの価値が上昇する。我々がチェ・ガンウ経由でオショネシを利用する可能性に気づいたからだ。変数は多い。例えば、我々は解放戦線の目の前でおおっぴらにグリーンフェアリー社の職員を再雇用することもできる。そして、それが解放戦線の目標かもしれない。

このぼんやりとした可能性の霧の中で、確実なのは一つだけだ。チェ・ガンウは会社の命令に応じるほかない。

私は正式な書類を作成してチェ・ガンウを対外業務部に呼び寄せた。対外業務部とは名ばかりで、実際には社内の諜報機関だとパトゥサンの誰もが知っている。我々がチェ・ガンウのような新参エンジニアを呼び寄せるもっともらしい理由を探すのは面倒なので、特に言い訳を作ることもなかった。我々のためにも、解放戦線のためにも、意味のないレイヤーはできるだけ減らしたかった。チェ・ガンウが我々と共に出かけると、誰かがデスクをトントンと指で叩くリズムに合わせて、覚えのある曲を口笛で吹いた。そのメロディーは、見たことのある人はいないが誰でも知っている古いイギリスのスパイ映画シリーズの主題曲だった。

私と直属の部下のミリアム・アンドレッタは、交替しながら四分の一に圧縮した情報をチェ・ガンウに伝達する。その間にも陰謀のレイヤーは重なり続けていて、だんだんと説明の密度が下がっていく。しかし、この任務のためにチェ・ガンウが知っておくべき情報量は変わらない。無意味な疑いなど抱かずに、おとなしく我々の指示するままに動けばよい。

ミリアムは小さなイヤホンをチェ・ガンウの耳に、カメラとマイクのついたステッカーを不格好なアロハシャツに着ける。会社が無償で提供している〈ワーム〉に直接接続する方法もあるが、あえて他人の脳を通してことを処理する必要はない。〈ワーム〉で直接見る長所は、〈ワーム〉所有者の目を通して視覚情報が正面から入ってくることだけだ。何よりも訓練を受けていない協力者と共に仕事にあたるときは、ある程度の心理的距離を取ったほうがいい。

準備が終わると、チェ・ガンウは外に出てエスカレーターを果てしなく乗り換えながら少しずつ海辺に下りていく。私とミリアムは一〇〇メートルずつ距離を取って、尾行する。視野の片隅に二つの画面を開いて、時おりそこに浮かぶステッカーカメラと本部から送られる情報を盗み見る。

島の監視カメラと保安ドローンは、すでに自称セケワエル博士の位置を把握している。海辺の屋台で買った麦わら帽子をかぶってベンチに座り、崩れた都市の廃墟を見物している小柄な男の横顔をモニター越しに見つめる。

チェ・ガンウが到着すると、我々はステッカーカメラでネベル・オショネシの顔を正面から確認する。皮膚の下に整形用の人工軟骨《プロテーゼ》が入っていて、必要になれば数秒以内に見た目を変えられるプロの詐欺師の顔だ。おそらく、指紋も五セットほど余分に持っているだろう。しかし、一旦正体がわかってみると、こんな偽装を見破るのも難しくはない。

二人はディアボロマントが注がれたステンレスのカップを前に、蝶の話を始めた。セケワエル博士が島を再訪したのは、たいへん重要な発見をしたからだ。博士の親戚が最近亡くなり、彼は遺産を相続した。その中に一九世紀末にとあるポーランド人の船員がフランス語で書いた日記と収集した蝶が含まれており、そのうちの一つは二〇世紀初頭に絶滅した種だった。状態があまりよくないが、それでもパトゥサン自然史博物館でDNAを抽出して復元するくらいはできる。すばらしいことではないか。

すべて嘘だ。表情認識プログラムは、オショネシが暗記した台詞を読み上げていると判別している。チェ・ガンウの顔に固定しつつ、時おりあちこち盗み見ている目を見れば、我々が監視していることもわかっているようだ。たまに一秒ほどステッカーカメラを見つめていることがあるが、そこにカメラがあると気づいているかはわからない。

オショネシは持ってきた標本を見せてやると言って立ち上がる。チェ・ガンウは男の後を追う。私は二つの画面に流れ込む情報を検討しながら、歩いて追いかける。二人の表情を読むことができなくなったので、行動予測が制限される。対外業務部のAIが予測ルートを知らせる。画面に地図が開き、オショネシが滞在しているホテルとの間にいくつかの黄色のルートが現れる。以前何度か滞在していたホテルではない。同じではいけないということはなかったが、それでも以前とは違うすべての選択肢を疑ってみなくてはならない。黄色のルートが一つずつ減っていく。残っているのはすべてホテルまでの最短距離ではない。もう少し廃墟と海を眺めたいようだな。ありえないことではない。

突然、海の方にむけて黄色のルートが一本飛び出す。ルートの先にはパラから来た無人ウィングシップが浮かんでいた。

脱出ルートだ。

考えてもみなかった多くの可能性が飛び出す。これまで、我々はオショネシがチェ・ガンウのことをLKのコマだとみていると思っていた。双方が相手の腹を探りあう状況で、我々が送ったオトリと短いワルツを踊って返してくれるだろう、と。脱出ルートはこの当然の仮説に合致しない。

脱出ルートではない可能性もある。ただ一艘のウィングシップが、陸に降りてしばし海辺を散歩する観光客を待っているだけかもしれない。しかし、本当に脱出ルートだったら？　オショネシは何を計画しているのだろうか？　拉致？　二人の体格差に我々の監視に気づいていることまで考慮すれば、それはお話にもならないアイデアだ。なんとかしてウィングシップに一緒に乗ったとしても、パトゥサン警察をまいて逃げるのは不可能だ。

黄色のルートが一本ずつ消えて、脱出ルートの表示がだんだんふとくなる。今、二人は人気《ひとけ》のない防波堤を歩いている。常識的に考えれば、私は待つべきだ。待って、オショネシの意図を読み取らなくては。

「逃げろ、バカ！」

私は怒鳴りながら二人に向かって駆けつける。怒鳴り声を聞いたミリアムはわけもわからず、同じ方向に走る。チェ・ガンウも私の声を聞いてぴたりと立ち止まると、方向を変えて駆け出す。オショネシも追いかける。左手に何かを持っている。ただの短いパイプのように見えるが、明らかに凶器だ。どれだけ武器の流入を防ごうと、携帯用３Ｄプリンタで武器を作り出す者は防げない。

チェ・ガンウは突き出ていた石に足を取られてみっともなく転ぶ。オショネシは転んだ男の尻にまたがってパイプを振りかざす。私は肩を狙って銃を撃つ。銃口から飛び出したクローム針が二本、肩と胸に刺さる。オショネシは痙攣して倒れ、パイプは手から落ちて海のほうへ転がる。

チェ・ガンウはふらつきながら立ち上がる。突然起きた暴力劇に驚いて、表情はぼんやりとして左の口元からよだれが垂れている。

爆音とともに海の方が明るくなる。黄色の脱出ルートの先にあったウィングシップが爆発する。同時にオショネシが悲鳴を上げる。五秒続いた悲鳴は、はじまりと同じく突然終わる。男の左目が急に充血して血が流れ落ちる。

脳内の何かが爆発したのだ。

一度目の点検

「〈ワーム〉の抽出機です」

私はオショネシのポケットにあった細長い金属の道具を取り出し、スクリーン越しに私をにらんでいる三人組に向けて振ってみせる。

「海に落ちたパイプも回収しました。銃弾が二発入った電気銃でした。適当に組み立てた粗悪品ですが、使用可能でした。体に当てて撃つつもりだったでしょうから、設計を気にしなくてもよかったようですね。パイプ銃でチェ・ガンウを倒すのに一〇秒、〈ワーム〉抽出機で〈ワーム〉を吸い出すのに一〇秒から二〇秒。我々は目につかないように防波堤の下にいました。三〇秒以内に用を済ませて走っていけば、ウィングシップまで行けます。もちろん、その船で逃げ出すのは不可能ですよ。しかし、ウィングシップ内の何らかの装置で抽出した〈ワーム〉をパラへ転送することは可能です。転送先はパラではない、ほかのところかもしれません」

「二十秒で可能ですか？」

ロス・リーに尋ねられ、私は抽出機のボタンを押す。抽出機の中から金属でできた矢尻のような頭の蛇が飛び出すと口をカチカチさせて戻った。

「余裕を持って二十秒です。左目に当てて五秒あれば充分です。ミリアムが先ほど実験してみました」

「いったいどうして、そんなことを？　チェ・ガンウは使い走り同然の末端社員だというじゃないですか」

「そうなんです。会社が挿入した彼の〈ワーム〉をチェックしてみましたが、解放戦線やほかの誰かが欲しがりそうな情報は一つもありませんでした。もしかしてほかの〈ワーム〉が挿入されていないか確認してみましたが、〈ワーム〉は一つだけでした。なんの情報があって、あんな真似をしたのかわかりませんが、その情報が間違っていたのでしょう。問題は、なぜそんな間違った情報を真《ま》に受けたかわからないことです。チェ・ガンウさんが会社に恨みを持つことは充分にありえます。しかし、脳内の〈ワーム〉に何か使う価値のあるものが入っていると考えるのは、まったく別の話です」

「その新入社員が、ほかの企業に雇われたスパイだった可能性はありませんか？」

ハン・スヒョンが割って入る。

「入社時に厳密なテストを受けています。そもそも父親のことがありましたから。スパイがあのテストをパスするのは難しいでしょうが、不可能ではありません。しかし、だからといってパトゥサンから何か意味ある機密情報を盗み出す機会がチェ・ガンウさんにあったか？　ありませんでした。なによりも入社前にスパイとして訓練を受ける機会がありませんでした。ドラマに出てくるように、自分のクローンを作って替え玉にするのでなければ。それもチェックしたかというのですか？　どうしても気になるなら確認してみましょう。今の状況では殺すこと以外何でもできますから」

「その、セケワエルだかオショネシだかいう人物は、どうしてそんな任務を引き受けたのでしょう？　逃げ出せる可能性はないのですよね」

ニア・アッバス市長が言う。特に関心はないが、男たちの間で黙っているのが嫌なようだ。

「〈ワーム〉に操られていたようです。これは今やSFの領域ではありません。もちろん、〈ワーム〉だけでは難しいです。その前に心理操作を受ける過程があります。〈ワーム〉のスイッチを入れて、あらかじめ入力してあるプログラムを刺激するのですよ。私はそのように理解しています。今は〈ワーム〉の役割がより大きくなっているかもしれませんが、大きくは変わっていないはずです。結局、オショネシは成功するかしないかにかかわらず、脳内の爆弾が破裂して死ぬしかなかったのです。

この男を殺したのは解放戦線か、ほかの誰かなのかという問題が残りますが、私は後者だと考えます。爆発後の解放戦線の反応を見ると、戦線側もこの状況を予測していなかったようです。別のよくある任務を命じてオショネシを送ったところ、彼が急に凶暴化したのでしょう。いずれにしても解放戦線はいくつもの利権勢力が操縦する道具にすぎません。どんな真似をしようとおかしくはありませんよ。ただ、今回は誰かが解放戦線を通さずにことを起こしたのです。

次の計画ですか？　とりあえずグリーンフェアリーの人間と接触を試みる予定です。あちらも職員を失ったのですから、気分がよくはないでしょう。グリーンフェアリーが直接介在していた可能性もなくはないのですが、違うと思います。私が知る限り、長い間一緒に働いた職員にあんな対応をするところではありません。人を送ってオショネシの動線を検討してみるつもりですが、何が出てくるかわかりません。

チェ・ガンウさんですか？　本人の同意を得て〈ワーム〉とフォンに監視装置を入れました。今どこにいるかリアルタイムでわかりますし、我々の監視なしに外部に連絡するのも不可能です。どのみち寧越《ヨンウォル》にいる姉以外に連絡する相手はいないのですがね」

特に意味のないやり取りを追加して、三人組は消えた。スクリーンの上には大爆発前のイエローストーン公園を描いた巨大で不格好な油絵が浮かんだ。見るたびに私の美的感覚を逆なでするが、私はその絵を変更しない。私には不愉快な刺激が必要だ。

私はソファーに体を沈めて、周りを見回す。ベージュの壁紙、木の間から海が見える窓、玄関のドア、クローゼットとバスルーム、寝室へと続くそれぞれの茶色のドア。これまでの七年間、ほぼ変化のなかった光景だ。時間の重なりのない空間。特別なことがなければ、次の七年も同じだろう。

私はチェ・ガンウの位置を確認する。病院を出て、今、自分のマンションにいる。サイズが小さいだけで、私の部屋とほぼ変わらない無個性な部屋。以前、私が無断侵入してから新しい物が一つだけ増えている。一糸まとわぬ二人の体が蛇のように絡み合う、卵形の木の彫刻だ。高さ一二センチのこの卑猥な物体は今ベッドの枕元にある。あの夜、チェ・ガンウがデイモン・チュのコンテナから持ち出したのは、卑猥な卵と八〇〇〇ドルの現金がすべてだった。窃盗ともいえない。あれは、自分の力を確かめるための一種のテストだ。

混乱してきた。どの点を取ってみても、チェ・ガンウは単純な奴だ。単純にものを言い、単純に考えて、隠し事がない。人事部のウソ判定テストをあれほどすんなりとパスしたところを見ればわかる。通常なら私と関わることもなかった。しかし、あの単純な奴が突然二等で合格してLKスペースに入社し、私と会長しか知らない秘密に手を付けた。偽物のセケワエル博士を操っていた誰かもこのことを知っているのではないだろうか？　ほかの者が適当にスルーしてもＡＩのパターン認識機能には見逃しがたい異常な霧が、この単純な男の周囲に漂っている。

〈幽霊〉よ。私は考える。何かがあいつを操縦している。しかし、〈ワーム〉でないとしたら、それはどこにあるのだろう。

緑の魔女とデート

かつてパラはパトゥサンの肥溜めと呼ばれていた。自治システムが作られるまで、パトゥサンで出るゴミとヘドロをすべてパラ島で処理していたので、間違った名前ではない。しかし、当時のパラはパトゥサンで消費される食材の三〇パーセントを供給していて、今ではそれは五〇パーセントまで増加している。そろそろイメージのよい別名ができてもよさそうなものだが、悪い名前だからこそ面白がって呼ばれるものだ。パトゥサンのヘドロを受け付けなかったら、パラはただのパラにすぎない。

私はフェアモントホテル二一階のスイートルームから市内を見下ろしている。米と野菜、果物、サーモン肉、鱈肉、タンパク質パウダーその他を生産する正方形の工場が核融合発電所を真ん中に、碁盤の目のように配置されている。市の行政の建物と住宅街のある北部の海岸と、主にパトゥサン出身の人々が暮らす西部の海岸はここからは見えない。直線距離で考えればここからパトゥサンは西部の海岸よりも近い。

モディリアーニの絵のようにほっそりとした顔に、ものさびしげな表情を浮かべたスマク・グラスカムプはデスクの前の小さな木製の椅子に姿勢を正して座り、ネベル・オショネシに関する警察のファイルを読んでいる。グリーンフェアリー社の副社長で、業界の人間からは〝緑の魔女〟と呼ばれるグラスカムプは、会社の公式の警護業務以外のすべてを引き受けている。それはこの会社にまつわるすべての不審死と失踪に、直接的にも間接的にも責任があるという意味でもある。しかし、これらと会社とのつながりを見つけるのはひどく面倒くさい仕事で、グリーンフェアリーの手にかかって死ぬか消えるかした者たちをそこまで気にかけて探す人間はいない。

今朝、グリーンフェアリーは完璧なストーリーをパトゥサン警察に提出した。この数カ月オショネシはパトゥサン解放戦線の数人の要人の警護にあたっていた。警察がどう思おうが、彼らにもまた安全を保障される資格がある。なぜオショネシが解放戦線のスパイとして活動していたかは自分たちにもわからない。グリーンフェアリーはこの件に関与していない。解放戦線とは随分前に連絡を絶っている。当然、警察も全て信じたわけではなかったが、これらのストーリーはディテールの一つひとつまで完璧だ。

「わたしたちはオショネシを殺していない」

重低音の淡々とした声が私の背後から聞こえる。

「信じなくてもいいけど、本当だよ、マック。わたしたちは職員をあんなふうに扱うことはない。特にオショネシは捨てるには惜しい人材だった。仕事もうまくやっていたし、彼の体と頭脳にどれだけ投資したかわかる？　最後にプロテーゼ手術をしてから一週間しか経っていない。完全に分解する前にリサイクルできるものは回収するだろうけど、洒落にならない損害よ」

「最後の手術のときに誰かが細工したんじゃないか？」

「現場スタッフの改造手術みたいな大事なことに、わたしたちがそれほど関心を持たないと思っているの？　しかも今回の事件は〈ワーム〉のハッキングだけでできることじゃない。明らかに少なくとも一年前から仕組まれてきた。老練さはないけど、金と時間は充分にある相手だよ」

「そして、それは解放戦線ではないと？」

「あんたから見ても、そう思うでしょ？　今回のことは誰のストーリーにも当てはまらない。少なくともグリーンフェアリーが知らない誰かの仕業だよ。本当に何も知らないの？　あの新入社員がここに登場したみたいに、どうでもいいこと？」

「ああ」

　グラスカムプは目を細めて、筋張った右の人差し指を狙うように私に向ける。

「臭うなあ、マック。何かおかしなことが起きているよ。わたしたちがここで好奇心をひっこめるだろうなんて思わないで。それに、この臭いを嗅ぎつけたのは、わたしたちだけではないと思うよ。あの新入社員をずっと保護しておきたかったら、どちらにつくか早く決めることだね」

「万が一、あの新入社員が本当に重要だとわかって、ヘルプを頼んだら来てくれるか?」

私は用心深く尋ねる。

「そうだねえ、マック。今みたいにされるのは困るよ。ギブアンドテイクでなくちゃ。それに、わたしたちが欲しいのは情報だけ。それはもらえる?」

私は返事をしない。グラスカムプは予想通りだと言いたげに、フッと笑うと立ち上がり、ドアを開けて私を送り出す。私は廊下に立っている二人のガードマンの視線を受けながら、エレベーターへ歩いていく。

ホテルを後にした私は、港に向かって歩く。日が暮れていくところだ。一五歳ほどに見える、ひどく痩せた子どもたちが、万能ブロックを組み立てて作ったボートの上で釣りをしている。十中八九、西部の海岸に住むパトゥサン人だ。パラがパトゥサンの食料工場になって以来、それでも残っていた漁師たちは転職するか、あるいはタモエよりも遠いタプロバニへ移った。食用の魚を海で獲るのはすべてパトゥサン人たちだ。その三分の一はいまだにパトゥサンのシステムに吸収されていない。そのうえ、彼らは電気も別に使っている。彼らの使う電気は海岸から海に向かってイカの足のように長く伸ばした七つの波力発電機で作られる。

彼らの大部分は直接的であれ間接的であれ解放戦線とつながりがあるが、だからといって解放戦線に同調しているとも考えがたい。そもそも解放戦線は実体のない集団だ。求心点も共通の目標もなく、外部からの口出しも多すぎる。パラのパトゥサン定着村は解放戦線の原理と関係がない。それらを結びつけるのは欲望や存在すら疑わしい愛国心ではなく、意地とロマンチシズムだ。大爆発以降、完全に変わってしまった世界の中で、大企業のシステムに助けてもらわずに独立して生き残ることもできると証明しようというお粗末な変わり者たちの群れ。そんな群れがパラに集まったのは初めてではない。

ハン会長は彼らの主張を軽蔑していた。自然と調和した生き方は、大爆発の前から意味のないファンタジーだった。自然の中で人間は破壊的になるほかない。人間が自然のためにできる最善の選択は、自然から自分たちを隔離させることだ。若いころ、ハン会長は完全なアーコロジー（完結した生態系を持つ人口密度の高い都市としての建造物）の具現化に執着した。LKスペースができると、執着の対象はスカイフックと軌道エレベーターに移ったが、だからといって当時の関心が消えたわけではなかった。山を覆って滝のように流れ落ちる形のパトゥサン市はそれ自体が一つの巨大な建物で、理論上は孤立しても完璧な自給自足が可能だった。ただ我々は政治的な理由でパラにその役割の一部を分けておくことを選択した。

それでも晩年のハン会長は、できるだけパラに住むパトゥサン人の世話をした。補償金を直接与えるわけにはいかなかったが、パラの工場に就職させ、匿名のパトロンとして波力発電機を送ることは可能だった。当時の我々は、彼らがパラの生活に満足しなければ自分たちも居心地が悪くなると思っていた。今はよくわからない。解放戦線は現実世界に人間の基盤を失いながら、より予測不可能な極端な存在になった。我々が彼らを安全に無力化する方法はなかった。我々は人間の群れを統制するのは簡単ではないと、認めざるをえなかった。

私は出発五分前のフェリーに乗る。パラとパトゥサンを連結するフェリーはすべて海底に敷いたレールに沿って移動するので、水の上を進む列車と変わりない。いくらもいない乗客たちはみな甲板に出てパラ島の向こうに沈む夕日を眺めていた。

緑の魔女の言葉は正しい。チェ・ガンウが普通の存在ではないことは、今や隠しようがない。パトゥサンに注目する数多くの勢力が血の臭いを嗅いで蠅のように群がってくるだろう。チェ・ガンウがどんな秘密を隠しているか気付いた群れは、スピードを上げるだろう。このただなかで、果たしてヤツは生き残ることができるだろうか？

そのただなかで、私は生き残ることができるだろうか？

「당신《君》은《は》 늘《いつも》 그랬지.《そうだったな。》
내《俺》가《が》 아니라《違う》고《と》 그래도《言っても》 늘《いつも》 그랬어.《そうだった。》」

チェ・ガンウと私は対外業務部がレンタルした事務所に座っていた。少し前まで一緒にいたミリアムは保安部とひと揉めしてやると言って出て行った。いつもは圧倒的に冷静な人間だが、レクス・タマキにまつわることだけは事情が違う。かつて一年間は恋人で二年間は恋敵だった男が、自分への嫌がらせで情報を隠蔽しているのだと、今も心の底から信じている。本当にそうなのかもしれない。ミリアムへの感情が残っているからではなく、そう信じる人間に嫌がらせをするのが楽しくて。

テーブルが一つ、椅子が五つあるほかは何もない空間だ。パトゥサンにあるほとんどの窓と同じく、窓の外には海と木が見える。違うのは高度だけだ。

転んだときに右の足首にひびが入ったものの、チェ・ガンウは比較的元気だった。一昨日体験したことを考えれば、魂が抜けたような表情や左足の貧乏ゆすりも正常の範囲だ。

「あの蝶は本物でした」

「何の話ですか？」

「あの、ポーランドの船員が書いた日記と収集品です。万一のことを思って、警察に連絡したのですが、本当にホテルにあったそうです。僕から博物館のスタッフに送りました。法的な問題が解決したら、蝶は博物館に行くだろうって。そう言われました」

私は特に気にも止めず頷《うなず》いた。絶滅した蝶のDNAがどこに行こうと、私の知ったことではない。ただ、死者の誠実さには少し感心した。せいぜい数分の嘘をつくために本当の収集品を利用する誠意。それとも完全な嘘ではなかったのだろうか？　セケワエルを演じている間、オショネシは本当に蝶に関心が湧いてきたのだろうか？　蝶によって結ばれた二人の男の関係のどこかには、本当によく似た何かが隠されていたのだろうか？

左足の貧乏ゆすりが止まる。チェ・ガンウはおとなしくテーブルの上に置いた両手を無言で見つめていたが、急に口を開いた。

「あの、僕は本当に最上階に行けるのですか？」

どう答えたらいいのだろう？　私は本当にこの男をあちらに送り込む考えだった。よりもっともらしく、使える人材のように偽装して、解放戦線の仕掛けに乗ってやる考えだった。しかし、オショネシが突然暴れたので計画は水の泡になった。チェ・ガンウは相変わらず私にとっては重要なリソースだが、この約束を守るかどうかは別の問題だ。

最上階に送ってやれない理由もない。最上階へ行けばケーブルカーとスパイダーを近くで見ることもできるし、いっそう宇宙に近づいた感じはするが、だからと言って重要な出来事がすべてそこで起きるという意味ではない。単語と高度が与える象徴的な意味の方が大きい。韓国人たちの語彙を借りるなら、これはすべて〝気分《キブン》〟の問題なのだ。チェ・ガンウのような曖昧な位置にいる新参者を最上階に送る理由なら、いくらでも作り出せる。

重要なのは島そのものだ。はじめは赤道の島など必要ないと考えていた。公海のどこかの深海の底に支えを作り、ケーブルをつなげるだけでも十分だと考えた。あえて地上とつなぐ必要もないと思った。しかしLKスペースの野心は、想像以上だった。ハン会長はエレベーターの成長を望んだ。より多くのケーブルとスパイダーを望んだ。これらを生産することとこれらを支えるインフラを望んだ。島が必要で、必要なところにちょうど崩れて打ち捨てられたリゾート地があった。

「私たちの作戦は終わりましたよ」

私は静かに答えた。

「こんなふうに終わるとは思わなかったのですが、こうなってしまいました。今すぐあなたがすべきことはありません。しかし、殺人未遂があったのですから、このまま送り返すわけにもいきません。我々の保護を受けながら、ことの顚末を突き止めなくては。最上階の話は、状況が片付いてからにしましょう。どうしてもお望みなら、可能だと思いますよ。仕事の口はあるでしょう。そんなに行きたいのですか？」

コクリ、コクリ。

「私たちがけしかけなくても、行きたかったのですか？」

「もともと最上階に行くのが目標でした。今回のことで協力いただかなくても、自分で志願するつもりです」

「最上階で仕事をしなくても、ただ上っていって見物すればいいのではありませんか？」

「それだけでは足りません。あそこでは本当に素晴らしいことが起きますよ」

戸惑うほどに流暢な最上階への礼賛が続く。数々の技術用語が踊り、跳ねて、疾走する。技術的なビジョンが提示され、単語たちで構成された華やかな絵が描かれる。私はその半分も理解できず、説得されることもないが、その情熱と流暢さに感心してしまう。私が知っているチェ・ガンウという男にまったくそぐわなかったために、なおさらに。軌道エレベーターと最上階に対するチェ・ガンウの情熱は、蝶に対するのんびりとして安定した情熱とは異なっている。人為的に整えられ、完璧で、執拗だ。何よりも動員される語彙が豊かだ。

ひとことで言えば、これはチェ・ガンウではない。数年前までは存在しなかった、何かだ。私の前に座っている蝶の愛好家の心の中に、何か異質で見知らぬものが潜んでいる。チェ・ガンウをLKスペースへ導いたのも、その何かだ。セケワエル、あるいはオショネシを操った者たちがチェ・ガンウの〈ワーム〉に入っていると信じていたものではなく別の何か。

私はふたたびチェ・ガンウを食事に招待する。ただし、方向は前回の逆だ。私たちは新市街地から下って、沈没した都市の廃墟に三日月の形で並んでいる島民たちの村に入っていく。死んだ魚と強い香料と人々の汗の臭いが鼻をつく〈本当の食べ物〉の世界だ。私たちは半ば焦げた鱗《うろこ》に包まれた魚の身をつついてはビールを飲んだ。黄色の照明の上に二匹の蛾が飛んでくると、チェ・ガンウの頭の中の昆虫学者がふたたび目をさます。自然と鱗翅類の講義が続く。数時間前に喋りまくっていた話者とはまったく違う人間だ。はにかみやでのんびりして不真面目でほどほどで日常的な人物。体内に入って血を沸き立たせている手製のビールだけでは、これほどの変身は説明がつかない。

私は酒に負けてふらつくチェ・ガンウを支えながら、レストランを抜け出す。カプセルタクシーを呼ぼうかと思ったが、そのまま歩くことにする。

私たちは打ち捨てられた廃墟の上に輝く新市街地を見上げる。さらに夜光虫に染まる海と満月まで加わると、目の前の風景はあまりに美しすぎてむしろ薄っぺらに見える。

村のどこかにあるスピーカーから、揺れるハープシコードの旋律が流れてくる。パトゥサンにある重要なものにはすべて、ファティマ・ベラスコが作曲した短いテーマソングがついている。これらはAIによって絶えずアレンジされて発展しながら、島とその周辺を波のようになでては消えていく。慣れてくれば〈ワーム〉とその周辺のスピーカーから聞こえてくる音楽だけで、島でどんなことが起きているかわかる。熟練の音楽愛好家ならドイツ語を知らなくてもワーグナーの楽曲の内容についていけるのと同じだ。

今聞こえる音楽は、はじめて島にきた人々にも馴染みがある。スパイダーのテーマソングだ。アンドレイ・コストマリョフの宇宙開発会社であるアリッサが作った木星行きの宇宙船ホルスト号に乗る四人の客を乗せて五日前に軌道に向けて上っていったエレベーターが、小惑星のサンプルを載せて戻ってくるところだ。山の頂上から照射される二本のレーザー光線の間に、輝くオレンジ色の星が下降してくる。

一五年の歳月が成し遂げた成果を見たまえ。はじめは鞄サイズのロボットが成層圏に浮かぶ軌道まで上っていくのに二五日かかった。今では二日で充分だ。過去のSF作家たちが想像していたリニアモーターのようなものは、まだ備わっていないが。昔の人たちが立てた目標を目指しているうちに、よりシンプルな別の技術が登場するものだ。AIがクリエイティブな作業に介入するようになって、変化の速度と多様性は急激にアップした。人間の役割はせいぜいこの先やってくる機械文明のブースターにすぎないだろうと、ハン会長も言っていたな。

鈍くもつれた舌で何かつぶやく声が聞こえた。

「何のことですか？」

チェ・ガンウは腑抜けた顔でニヤリと笑うと、さっきの言葉を繰り返した。

「당신은《君は》 늘《いつも》 그랬지.《そうだったな。》 내가《俺が》 아니라고 그래도《違うと言っても》 늘《いつも》 그랬어.《そうだった。》」

〈幽霊〉のぼんやりとした足跡

「당신은《君は》 늘《いつも》 그랬지.《そうだったな。》 내가《俺が》 아니라고《違うと》 그래도《言っても》 늘《いつも》 그랬어.《そうだった。》」

この文章を覚えている。何か重要な意味があるからではなく、逆に何の意味もないから。少なくとも私は、その意味を覚えられなかったから。

いまだに私は、この言葉がどんな文脈で出てきたのか思い出せない。覚えているのは、呆気にとられている私の表情を見て、狂ったように笑いまくるハン・ジョンヒョク会長の顔だ。何のことかと聞き返すと、ハン会長は説明もなく同じ言葉を繰り返して、クスクスと笑った。わけもわからず笑われるのは気分のよいことではなかったが、私はＬＫグループのトップに向かって何か言える立場ではなかった。

ちょうど一〇年前のことだった。〈ワーム〉を通じて覚えた韓国語はまだ片言だった。韓国語を話すたびに、私は表面の人格が薄く剥がれていくような不安を感じた。これは別の方法で学んだ別の言語を使うときにもたまに起きる現象だったが、草創期の〈ワーム〉

で言語教育を受けた人たちは、このような副作用がとりわけ深刻だった。〈ワーム〉による言語教育機能のもう一つの問題点は〈幽霊〉を作りだすことだった。視野のはずれをかすめるように中腰で立って言語の境界線を行き来しながら、おかしな呪文を呟く存在。葬式が終わった後で、その〈幽霊〉はハン会長の声で話しかけてきた。

チェ・ガンウがその文章を口にしたとき、私は二人の声を聴いた。チェ・ガンウの声と、その文章とぴったりのスピードで重なる〈幽霊〉の声。聞き間違えだと思った。どちらも〈幽霊〉の声かもしれない。しかし、そうではなかった。明らかにチェ・ガンウの口から飛び出したチェ・ガンウの声だった。チェ・ガンウがハン・ジョンヒョクのセリフを読み上げていた。

暗号ではないか。そうではなかった。チェ・ガンウは相変わらず自分が言った言葉に大した意味があるとは思っていないようだ。何かがヤツの脳内に隠れていて、酒によって精神が緩んだ隙をついて流れ出したのだ。

何か。ハン・ジョンヒョクの記憶を抱いている何か。

チェ・ガンウはマンションに自分を送って行った私が、家族写真と卑猥な木製の卵を交互に眺めるのを見ながらも、特に思うことはなさそうだ。私はそっけなく挨拶をするとトイレに入るヤツの後ろ姿をしばらく見てから、部屋を後にした。

エスカレーターで、私は物思いにふけった。頭の中ですでに持っているピースを一つずつ並べて合わせてみる。数年前まで蝶以外には特に関心も趣味もなかった怠け者に何事かが起こってクレイジーな軌道エレベーターの崇拝者になり、入社試験を二等でパスしてLKスペースに入った。試験だけではなく、それを訝《いぶか》しんだ面接官の目もパスした。最もたやすく単純な答えは、ハン・ジョンヒョク会長の記憶の込められた〈ワーム〉がチェ・ガンウの脳内に入っていることだ。ヤツの脳内に入っているのは、会社で挿入した〈ワーム〉一つだけで、その中に特別なことは何もないのだ。しかし、死んだ会長の記憶や精神の込められた何かと、それにまつわる陰謀が、それほど簡単に発覚するはずがない。その何かが我々の予想よりも狡猾で、我々の検査をパスしたとしよう。どのようにパスしたかは、後で考えよう。

死んだ会長の記憶はどのように残っていたのだろう。私の知る限り、会長の脳内には少なくとも四つの〈ワーム〉が入っていた。二つはアルツハイマー病の治療用だった。〈ワーム〉よりはるかに簡単なアルツハイマー病治療法ができていたが、会長はそれを技術的な挑戦だと考えた。死ぬ前に、ハン・ジョンヒョク会長の精神は普通の人たちよりはるかに広範囲に広がっていた。単純に選別した記憶をクラウドシステムに保存するというレベルではなかった。

会長が死ぬと、生前に厳選したいくつかのデータを除いて大部分はプライバシー保護法によって破棄された。少なくとも我々はそう信じていた。会長自身が主導して作業にあたっており、我々が知るハン・ジョンヒョクは決して仕事の手を抜く人物ではなかったからだ。しかし、信頼とは推論を放棄することだ。我々はハン・ジョンヒョクがこの世に残した私的なデータに特に関心がなかった。重要な情報は会社のAIが引き継いだ。LKは今も死んだ人間の野心に従って前進している。ロス・リーやハン・スヒョンなどでは、この流れを妨げることはできない。だとしたら、なぜ我々はあるかもしれず、ないかもしれない会長の私的な記憶に神経を使わなければならないのか。なぜそんなものが消去されていない可能性を疑わなくてはならないのか。

だが、我々には会長のことがわからない。対外的なイメージがあまりに圧倒的なので、我々はハン・ジョンヒョク会長のイメージから抜け出した人間ハン・ジョンヒョクが想像できない。しかし、誰にでも秘密はある。誰も自分ではないほかの人間を完璧に知ることはできない。ハン・ジョンヒョクにとっては死んでからもこっそり残したい別の何かがあったのかもしれない。その何かは、我々が考える以上に重要なことかもしれない。そして、その事実を知っている誰かが今、チェ・ガンウを狙っている可能性がある。

だとしたら、私一人しか覚えていないあの台詞が口をついて出たことも、単純な偶然だろうか？　私がこの会社で唯一チェ・ガンウに個人的な関心を持っていることも偶然だろうか？　私がヤツの命の恩人になったのも偶然だろうか？

自分の現在地について考える。私はハン会長がプライベートで契約した傭兵にすぎない。会長は亡くなる前に私のために若干のセーフティーネットを作ってくれたが、その寿命もそれほど残っていない。誰かに私の本名と国籍と手術前の顔を知られたら、お終いだ。ロス・リーは私の正体になど何の関心もないだろうが、ハン・スヒョンは違う。

チェ・ガンウの頭の中に存在するその何かが、本当に会長の一部だったら、それは私の命綱だ。チェ・ガンウは公的な会社の意志とは無関係だが、重要な案件のための道具であり、その重要案件には会長の周りの人間を守ることも含まれているのかもしれない。

マンションに戻った私は、チェ・ガンウに関する情報を検討する。すでにミリアムが一度調べているが何も出なかった。しかし、その時は何を探すべきかわかっていなかった。今や私は自分が探るべきパターンとルートがわかっている。行動をチェックして、私的なメールとメッセージをふたたび引っぱり出す。

少しして、追跡AIが件名の横に黄色の星七つをつけた、二年前に削除されたスパムメッセージが一つ浮かんだ。

「LKグループ、チェソングループ、TGシステム、ピントスペースへの入社をご希望ですか？　安全保障、〝ほぼ〟合法。最小の費用で運命を克服しましょう」

「ほぼ合法」とは笑ってしまう。引っかかりそうにないが、ひそかに食いつきのいいエサだ。自分でも何度か使ったのでよく知っている。そして、チェ・ガンウもまたここで引っかかったに違いない。メッセージに追加されたリンクをクリックした痕跡が残っている。充分にありえる話だ。ただただ入社したくて、繰り返しＬＫスペースに志願しながらも未来に対する投資をほとんどしていない怠け者なら、引っかかりそうな罠だ。どうせ何も持っていないのに、失うものなどあるはずもない。

ここに引っかかったほかの人間たちもいるだろうか？　確かめたところ、すでに終わった事件として犯人二人が逮捕されている。思ったより正直な詐欺師たちだった。金だけ適当に受け取って逃げるのではなく、顧客たちにバイオボットを移植して不正行為をする計画だった。彼らが作ったロボットは脳に寄生して二週間ほど生存する寄生虫で、一般的なスキャンでは見つからない。彼らはＬＫロボティクスから解雇されたエンジニアで、執行猶予判決を受けてどちらも再雇用されている。これは思うほど異例なわけではない。ＬＫでは企業の機密を守るために、このような犯罪者たちを再雇用することがよくあった。今、その二人は充分な月給をもらい、邪魔の入らない研究所でおもちゃを作って遊んでいるようだ。何を作っているかは知らないが、正直うらやましいご身分だ。

私は彼らの事件の被害者写真を見比べる。一二人。みなチェ・ガンウとほぼ同じ年齢だ。若くてハンサムで、それほど賢そうには見えず、生まれつきの無責任さが顔に出ている男たち。

そうだ。全員男だ。

消えた蝶の絵があるところ

「『北北西に進路を取れ』という映画は知っていますか？」

「タイトルは聞いたことがある気がします。古典ですか？」

「アルフレッド・ヒッチコックが作った二〇世紀の古典ですよ。知らなくてもおかしくはない。こんな話です。広告会社勤務のロジャー・ソーンヒルという男がホテルでジョージ・キャプランという人と間違えられる。そのせいで殺されそうになり、のちには殺人犯として追われる。それでソーンヒルはみずからキャプラン探しに乗り出す。しかし、わかってみるとキャプランは政府の諜報機関が作り出した架空の人物だったというわけです。名前と荷物だけがあって、そもそも体は存在していません」

「それで？」

「ここに住む男が、我が社のジョージ・キャプランですよ」

私はマンションのドアを開ける。

四年間ほとんど使われていないが、一週間に二度ロボットが掃除をするので比較的きれいだ。部屋は程よく散らかっていて、かすかに独身男の体臭が漂う。会社の科学者たちに作ってもらった薬剤を空気清浄機で散布しているからだ。

チェ・ガンウは不機嫌そうに私の顔を見つめる。その表情が偽装かどうか、確かめるために〈ワーム〉の力を借りるまでもない。顔の筋肉はこわばっていて、瞼が震えている。嘘をつくときも、真実を伝える顔。

「ここに住んでいる男の名前はデイモン・チュです。存在を確認できる書類は私よりもずっとそろっています。国籍もあるし、遺伝子登録までされていますよ。しかし、体はありません。存在しない体でいつでも会社のために自爆できる存在です。当然、この部屋に入ってくる人間がいてはなりません。掃除ロボットが定期的に付けていく偽の指紋以外に、ほかの指紋がついているはずはないのです。それなのに、ほかの人間の指紋があったとしたら？　これにどんな説明がつきますか？　このマンションの場所とパスワードを知っていて、会社の保安ネットワークをすり抜けられるほどの者なら、ここに指紋のような痕跡を残すべきではないとわかっているはずです。それなのに、どうしてでしょう？」

ふたたびドアを閉めて、エレベーターに向かう。チェ・ガンウは言葉もなくついてくる。マンションから出た私たちはブルネル川の川辺を歩く。八〇〇メートル歩くとH&H社のレンタル倉庫に出る。漫画のキャラクターが描かれたコンテナが、レゴブロックのように積まれている。

事務室で旧式の鍵を受け取り、鉄製の階段を上って三階にあるデイモン・チュのコンテナに入る。中の空気は乾燥していて、金属の臭いがする。私は灯りをつけて、中の品物を確認する。卵形の卑猥な彫刻とキャッシュボックス以外には、消えた物はなさそうだ。私はエルジェのサインが入った〝ダンタン〟のポスターを取り出すと、持参したアルミニウムのカバンに入れる。

「なぜ、あの彫刻を持ちだしたのですか？　あれに特別な意味がありましたか？」

私は背もたれに二匹の龍が刻まれた黒檀の椅子に、埃を払って座った。

「きれいだったので」

「ああいうのが趣味なのですか？」

「そうみたいですね」

「入社して一年もたたない新入社員が、対外業務部の一人しかその実態を知らない架空の人格のIDを利用してここまで入ってきたことについても？　答えは『そうみたいですね』ですか？」

「ただ、確かめたかったのです」

「何を？」

「僕が知っていることは、正しいのか」

チェ・ガンウは肩をすくめると、それまで床を見つめていた視線を私に向けた。

「いつからデイモン・チュのことを知っていたのですか？」

「二カ月前からです。そのくらいになります」

「どうやって？」

「なんとなく、顔が浮かびました。はじめは本当の人間だと思いました。ハン会長の親戚ではないかと思いました。目元と口の形が似ていましたから。でも、後から名前が浮かびました。家と倉庫の住所も、倉庫の中に何があるのかも。そのころになってデイモン・チュが実在の人物ではないと確信して、ここに来ても大丈夫だと思いました。倉庫で確かめたかったのです」

「あの、いやらしい卵があるかどうか？」

「いいえ。これです」

チェ・ガンウは、保存ケースを兼ねた十二の額縁がきちんと重ねて並べられている部屋の隅に、すたすたと歩いていく。照明がついて額縁が一つ外側に出てくる。高さ二メートルを超える巨大な蝶の絵だ。七羽の蝶が水辺に咲いた花の周りを飛んでいて、片隅には細い月が浮かんでいる。

「チャン・スノクの『月下胡蝶図』です。世界で最も美しい蝶の絵を描いた二〇世紀の画家です。あまり知られていません。女性だからか、日本人の血が混ざっているからか、蝶の絵ばかり描いていたからか、単に誰からも関心を持ってもらえなかっただけか、僕にはよくわかりません。この絵は仁川《インチョン》のある私設博物館に展示されていたところを、盗まれました。これまで、僕は解像度の低い二〇世紀の写真でしか見たことがなかったです。ところが、倉庫にその絵があるという記憶が思い浮かびました。ここに来て確かめてみたら、本当でした。きちんと管理されていますが、この絵は博物館にあるべきです」

コトコトと音を立てて絵はふたたび元の場所に戻っていく。パトゥサンからバンダルスリブガワンまで連れてこられる間、ずっと元気がなかった彼の顔に少し自信が戻りつつあった。まるでちょっとしたコミックのヒーローだな。蝶に近づくだけで力が出る。

「すべての記憶が二ヵ月前から浮かび始めたのですか？」

「一年になります。もうご存じでしょう、僕が手術を受けたって。僕はすぐにバレるものだと思っていました。自分でもお粗末な経歴ですから。手術をしてくれた人たちは、直後に逮捕されました。犯人が手術をしたほかの人たちは、みんな不合格になりました。僕が例外になる理由もないのですが、誰も僕に口出しをしませんでした。面接では落ちたと思いましたが、そこでも通過しました」

「どうしてだと思いますか？」

「とにかく、面接ではうまくやったのです。自分では想像もしなかった言葉が、スラスラと流れ出してきました。普段にはない自信も湧いてきましたし。僕はめちゃくちゃうまくやりました。全部あの詐欺師たちが頭に埋め込んだバイオボットのおかげです。バイオボットは二週間で死んで、死体は分解されます。それまでにそれが僕の脳の一部を変えました。その部分が今、〈ワーム〉と同じような機能をはたしているんです。勝手に考える何かが、その部分に入っています。

でも、どうして僕だったんでしょう？　ずいぶん悩んで結論が出ました。僕は試験に合格したのだと。十三人中一人を選ぶ試験で、僕が選ばれたんです。だから、面接も通過したのです。僕もうまくやりましたが、面接官一人ひとりの意見を越えて、なんらかの影響力が作用していました。僕がＬＫスペースに入るのを望む誰かがいました」

守護天使の訪問

「以前話したことはすべて事実です。父とLKとの間に因縁があったことも。父はそのせいで自殺したのかもしれません。でもLKを相手に復讐する？　そんなこと想像したこともありません。それは神に復讐すると言っているようなものです。なによりも、僕は父のことがあまり好きではなかったです。自分の世界だけに夢中になる冷たい人でした。もう少し周りとうまくやれたら、あんなことにならなかったでしょう。今みたいな世の中で発明王扱いされたいだなんて、話になりますか？　父の作業室に写真があったトーマス・エジソンもニコラ・テスラも一人で仕事をしたわけではなかったのに。

LKスペースに挑戦し続けたのは、半分は意地で、残りの半分は怖かったからです。僕はまだ世の中に向き合う準備ができていませんでした。マイクロ労働で小銭を稼ぎながら、蝶を追いかけるのも悪くありませんでした。でも、残りの人生を本当にそうやって生きていくのかと思うと、恐ろしくなりました。怠惰な自分を正当化してくれる言い訳が必要でした。父を死なせたという会社に挑戦することほど、もっともらしい言い訳があるでしょうか？　あまりにもっともらしいので、自分でもその言葉を信じてしまいました。ただの言い訳なら一度で終わっていたはずです。

三度も受験するなんて考えてもいませんでした。まず、僕はマイクロ労働でかなり稼いでいました。マイクロ労働市場は集中力が続かないけどちょっと器用な、僕のような人間には最高の働き方でした。今の月給の三、四倍は稼いだ時期もあります。寧越《ヨンウォル》の、おじの店で人が足りず、そこに就職することもできました。姉が病気になって金は必要でしたが、店に就職すればその問題もすぐに解決できるはずでした。

スパムメッセージを受け取ったときは、そのまま無視しようと思いました。意味のない失敗は二度で充分です。でも、自信満々なメッセージが気になりました。あと、そのメッセージを受け取ったとき、カチッと音を立てて自分の物語が完成したと感じました。これをどう説明したらいいのか。『今度こそうまくいく』と言って、全財産をかけるギャンブラーになった気分？　まるで自分が主人公の物語を書いている作者が、クライマックスを準備しながら自分に信号を送ってきているみたいでした。

僕は開城《ケソン》に行き、メッセージを送ってきた人たちに会いました。兄弟のようによく似た、僕と同年代の男性たちでした。会ってみると二人とも韓国人ではなかったし、それぞれ別の国の出身でした。会社の〈ワーム〉で韓国語を学んだために、同じような言葉遣いで、それでそっくりに見えたのでしょう。

二人とも水原《スウォン》にあるLKロボティクス研究所出身だと言いました。そこでかなり特殊なバイオボットを作っていて、それを使えば欲しい情報を脳に転写することができると言うのです。二人とも数カ月前に不当解雇されて、会社はまだそのバイオボットの存在についてよく知らないとのことでした。彼らはすでに自分たちだけでの実験を終えていて、別の実験対象を探していました。お粗末なスペックで大企業に挑戦する、僕のような人間ほどぴったりな相手がいるでしょうか？　彼らが要求したのは最小限の費用だけで、それは僕でも充分に払える金額でした。失敗したとしても、ちょっと高い宝くじを買って外れたと思えば、忘れられるくらいの。それは夢の対価でした。

手術は簡単に終わりました。入社後に受けた会社の〈ワーム〉移植手術より早く終わり、耳鳴りがするとか、しばらく視野が狭くなるとかいった副作用もありませんでした。ただ、バイオボットが死ぬまで設定を合わせるのに少し時間がかかりました。二人は休みなく僕の滞在先に来て、バイオボットが僕の脳にデータを移植する過程を助けてくれました。

それは変わった経験でした。〈ワーム〉移植のように無色のデータが入力されるのとは違いました。細かな情報が脳内で一つずつ生まれていき、これらが一つの膜のように連結して僕の精神を取り囲みました。僕はその情報を少しずつ吸収して自分のものにしましたが、その膜はバイオボットが死んでからも変わらず残りました。少し恐ろしくもあります。しかし、安心もできるのです。自分にアドバイスしてくれて、失敗を防いでくれる守護天使ができた気分でした。

入社試験を受けたとき、僕は空を飛んでいる気分でした。すでに二回試験を受けているので、筆記試験から精神安定性テストに到るまでの流れがあらかじめわかっていました。でも今回は、自分の経験からでは知りえないことが見えました。視野が広くなり、テストの過程が以前よりもゆっくり進むようだったと言えばいいでしょうか？　僕は自分が二等で合格したときに、心から驚きました。僕よりもよい成績で合格した人がいるとは思いませんでした。

心配なのは面接試験でした。僕にバイオボットを移植した二人組はすでに逮捕されていて、そのことは僕もニュースで知っていました。その二人組からバイオボットの移植を受けた人たちの存在も知られて、それは社会的なイシューになっていました。果たして科学の力を借りて、より効果的な速成教育を受けるのは不正行為に当たるのか？　これが受け入れられるのなら、今後、人材を選抜する試験にはどんな意味があるのか？　でも、警察は僕のところに来なかったし、二人組も僕の名前を出しませんでした。僕は心配と安心が半々の状態で面接会場に向かいました。

面接官は六人です。女性が三人、男性が三人。みんなバーチャルマスクをしていて、全員同じ顔に見えました。声と言葉遣いで、なんとか年齢だけは予想がつきました。面接官たちは、父のことと、以前の試験のことを質問してきましたが、僕は想像できる限りの最善の返事を準備しておきました。あの人たちが、その返事に騙されなかったとしても、思い残すことはありませんでした。それ以上、何かをするのは不可能でしたから。

おかしなことが起きたのは、その後からです。誰かが軌道エレベーターについて質問をしたので、僕はあらかじめ準備しておいた模範回答を話し始めました。ところが、話している間に何かが目覚めました。いえ、こう説明したほうが近いですね。守護天使と僕を結ぶ新しい通路が開いて、その通路を通じて胸いっぱいに感情が押し寄せてきた、と。もはや軌道エレベーターはデータの組み合わせではありませんでした。愛すべき対象でした。僕は地球と宇宙をつなぐ、あの細い糸たちのことを狂おしいほど愛していました。ロミオがジュリエットを、ダンテがベアトリーチェを愛するように。僕は軌道エレベーターについて長い話を始め、それは愛の言葉でした。少し話しすぎたかもしれません。会社が必要とするのはエンジニアで、物を愛するフェティシストではなかったでしょうからね。でも、僕の演説はそれまでの疑念を晴らすのにかなり効果があったようです。あのバイオボットがこんな感情まで注入できるなんて、想像もつきませんでした。

試験に合格したとき、僕は幸せでした。うっとりと恍惚状態でした。ＬＫスペースに入社するという目標を果したからではなく、自分が誰かを愛しているという事実に気づいたからです。

ええ、『誰か』と言いました。面接会場を出てから、だんだんと気づきつつありました。軌道エレベーターへの愛は、それ自体で存在するのではないのです。それは必ずしも人間でなくとも誰かと呼べる、ある人格を持つ存在への愛とつながっていました。軌道エレベーターは、その誰かと僕をつないでくれる橋でした。

それは誰だったのでしょう。僕は女性的な存在だと考えました。必ずしも本当の女性ではなくとも、女性っぽい誰かです。ほかの姿は想像がつきませんでした。それは僕の愛の形につながっていました。相手が男性だったら、その愛は別の質感と別の形を持っているはずです。

はじめは、その感情自体を楽しんで満足しようと思いました。それだけでも充分に幸せでしたから。それに忙しかったのです。就職して、海外で暮らすことになって。学校を卒業してから大人たちの世界で本当の社会生活をするのは初めてで、ずいぶん心配もしました。

新しい職場には面白いこともつまらないこともありました。とりあえず、僕はパトゥサンを愛していました。LKが作った完璧なアーコロジーシステムを愛していたし、廃墟と蝶たちも愛していました。何よりも軌道エレベーターがあります。仕事も面白かったです。研修期間中、島のあちこちを連れまわされましたが、僕はエレベーターに関連するすべてを愛していましたから。今でもです。でも、僕は人づきあいができなくて、同期たちにも好かれていませんでした。みんな、僕ができるふりをしているだけの偽物で、チームプレーヤーではないと思っています。コネがあると陰口をたたく人もいますが、それに対して僕が何か言うこともないでしょう。でも、ここで正当な競争に何の意味がありますか？僕は軌道エレベーターに関する限り、最高の人材です。そこに到る過程が、そんなに重要なのですか？

僕は自分だけの世界にこもりました。一年前までは、単純な世界でした。蝶がいて、自分だけの夢がありました。でも、今、この世界にはほかの何かがじわじわと忍び込んでそのエリアを広げています。ぼんやりとして身の丈《たけ》にあった自分とは違う、情熱的で強烈な何かです。それは、僕の行動と感情を支配します。僕はそれが恐ろしい。でも、その強烈さがもたらす快感に魅了されてもいます。以前は想像もつかなかった生き方が、僕を支配しています。変化していく自分自身を受け入れながら、できるだけ以前の自分を忘れないようにしています。さいわい、パトゥサンは蝶の楽園です。それに、この二つの世界がぶつかり合いながら、僕の経験はだんだんと豊かになりました。

でも、そこに空白の部分があります。あの〝女性〟です。僕は存在するかもわからない、どんな姿かも知らない、おそらく女性であろう存在に向けた愛を受け継ぎました。何かを愛しているけど、その相手について何も知りえないもどかしさをご理解いただけますか？　はじめに試してみたのは、その女性の外見を再現することでした。まず、絵を描いてみました。外見再現プログラムで顔を作ることにしたんです。でも、その結果はいつも似たり寄ったりの〝きれいな女性〟の顔のアレンジでした。相手の記憶ではなく、自分の好みにすぎないかもしれません。外見を再現するだけでは、不充分でした。ほかのことも知らなくては。

不思議なことに、そのほかのピースはパトゥサンのあちこちに隠してありました。ここは単純な機械と建築物の結合体ではありませんでした。多くの物に、その誰かに向けた感情と記憶が込められていました。そこに行くと、僕はそれを感じることができました。単に言語やイメージを通じて、具体的に再現できなかっただけです。

僕が最初の糸口をつかんだのは、ここに来てから三ヵ月後でした。ほかの新入社員たちと一緒に最上階のターミナルに行き、ひまわり二三号が採集したアベラノス‐ビオラ彗星のサンプルを乗せて戻ってくるエレベーターを待っていました。自分の仕事というわけではありません。いつも、エレベーターが到着するころに新人を数名ずつターミナルに送っていたのです。ここがどのような会社か実感が湧くように。

テーマソングとともにエレベーターが到着してドアが開きました。科学者たちは軌道ターミナルで包装して送られた箱を下ろすと、カートに積みました。リーダーらしき年配の男性がほかの人たちに向かってこう言うのです。『これが何かわかるか？　星のかけらだよ』

『星のかけらだよ』。ありきたりな表現で、誰でも口にする言葉でした。でも、その言葉が終わる瞬間、僕の頭の中に具体的に経験した記憶が浮かびました。顔が見えない、ある女性が特定できない声で僕に話しかけていました。『見て、ギルドンおじさん。星のかけらよ』

その女性を愛する、ある男性の記憶でした。

当然ギルドンという名前を検索しました。ヒットするものはありませんでした。だとしたら、それは仮名です。ホン・ギルドン（朝鮮王朝時代の小説に登場する有名な義賊）あるいはコ・ギルドン。十中八九ホン・ギルドンです。なぜホン・ギルドンなのでしょう？　東に西に神出鬼没の義賊だから？　そんなはずがありません。だとしたら、それはホン・ギルドンと同じで嫡子ではないという意味です。そしてパトゥサンに関連した人の中で、ハン・ジョンヒョク会長ほど″嫡子ではない存在″に近い人がいるでしょうか？　ハン・ブギョム元会長は昔付き合っていた朝鮮系ロシア人の息子を養子にしたじゃないですか。そのせいで、ハン・ジョン・ジョンヒョク会長はほかの兄弟たちとはめちゃくちゃ険悪でしたよね。そのうえ遺伝性の疾患があって、妻のチョン・ソミ教授がハン・スヒョンを産んだときには、冷凍保管されていたハン・ブギョムの精子を使ったという噂が広がりました。これなら充分に現代のホン・ギルドンです。そして、そのことをふざけて言えるほど親しい女性がハン・ジョンヒョク会長を『ギルドンおじさん』と呼んでいたのです。

おかしな気分でした。ハン・ジョンヒョク会長の記憶だと考えたことがなかったわけでもありません。誰か重要人物の記憶だから、保存されているのですよね？　パトゥサンに関連した人の中で、最近亡くなった重要人物はハン会長しかいませんし。でも、ハン会長が誰かをこんなにも情熱的に愛していたなんて、不思議な話です。それに、その記憶は最近のもののはずです。恋愛の記憶は時間がたてば変わってしまいますから。

僕はハン会長に嫉妬を覚えました。顔も名前もわからない女性を愛していたという理由で、死んだ男に嫉妬したのです。その男が死ぬ前に持っていた権力と、その権力を通して実現できた能力と野望に、何よりもその野暮ったい『ギルドンおじさん』という別名に嫉妬しました。あまりに嫉妬しすぎて、僕はしばらく女性の正体を探し出そうという意欲そのものを失ってしまいました。

女性の正体がわかったのは、それからちょうど五日後でした。意欲があってもなくても、その日は来るに決まっていました。あんなに近くにいたのですから。

日曜日でした。カフェテリアでランチを適当に食べて、姉へのお土産を買いに旧市街の記念品店に向かうところでした。一階のロビーにあるスクリーンに会社が提供するニュース番組が映っていました。過去数ヵ月間わが社が軌道上に部品を運び上げてきた、アフリカ宇宙連合の小惑星探査船に関する内容でした。知らない顔が字幕の上で口を動かして話していました。最後にある女性が登場して話をまとめたのですが、僕はその場にくぎ付けになりました。その女性の顔でした。その女性だと気づかないはずがありません。その瞬間、スクリーンに映ったその顔に紐づいた数えきれない記憶が一気に滝のように流れ出してきました。あまりに突然で、僕はひどい頭痛に苦しみました。

ニュースが終わり、彼女の顔が消えました。名前の検索もしませんでした。顔も名前も知っていました。入社前から知っていました。ただ、そのときには関心がなかったのです。

キム・ジェインでした。ＬＫ宇宙開発研究所の所長、キム・ジェイン」

（たぶん）愛している人

真剣に聞いていた私の表情が歪《ゆが》む。笑ってしまうのをこらえようと、下唇をかむ。誰かがキム・ジェインを愛することはありうる話だ。その誰かがハン・ジョンヒョクだとしたら、気持ちが悪いがそれでも理解できなくはない。しかし、これまで聞かされてきた話に、よく知っているキム・ジェインの顔を当てはめると、途端に薄っぺらで俗っぽくなる。キム・ジェインはハン・ブギョムの一人娘、ハン・サヒョンの娘だ。ハン・ジョンヒョクと同じくハン家とは血がつながっていない。一家の反抗児だったハン・サヒョンは、両親が離婚してから極端な反企業主義者になった。LKに関わる人たち、特にハン家の人たちが嫌がるに決まっている本を三冊出版した。憎らしいことにこれらはすべてベストセラーになり、その中でも軽薄な小説に偽装した一冊は、脚色されて七シーズン分のドラマになった。世間がLKに対して持っているイメージの半分はここからきている。二六歳のハン・サヒョンは女優のキム・レナと結婚し、翌年キム・ジェインが生まれた。ハン・サヒョンはハン家の遺伝子を残すことにあまり関心がなかったので、子どもに自分の遺伝子を混ぜていない。三五歳の時にハン・ブギョムが亡くなり、その葬式で爆弾が炸裂した。ハン・サヒョンは、当事者でなかったらケラケラ笑いながら本一冊分の笑い話を書き上げただろう事件の犠牲者となった。

ハン・サヒョンは生前、ハン家の金は一銭も受け取らないと宣言していたが、キム・レナは融通が利く人間だった。キム・ジェインはしれっとハン家の一員になった。いとこたちと競合しないように、天文学者になった。一九歳のとき、太陽系の外で生態系を見つけ出す新しい方法を提示する論文で世に知られ、二五歳のときに実際にその方法を用いて生命体の存在する系外惑星が発見された。三〇歳でLK宇宙開発研究所の所長になり、それは当然と見做された。

母親は韓国語圏最高の美人と言われ、残り半分の遺伝子はどこから来たのか（あるいはどのように作られたのか）わからないが母親の美貌を損うレベルではなく、キム・ジェインは常に大衆の関心の的だった。本人はそれほどマスコミに出るのを好まなかったが、常にあちこちに写真と映像が流れていて、ファンフィクションも出回った。ファンフィクションの流行は三二歳で八歳下の韓国系ドイツ人のテストパイロット、アントン・チェと結婚したときにしばらく下火になったが、結婚して八カ月で夫がスカイフックの事故で亡くなるとふたたび人気に火が付いた。

キム・ジェインはそんな人だ。個人的なことを表に出すことはあまりなかったが、ありうる限りのすべてのストーリーが、すでにファンフィクションとして作られている人。すべてのストーリーが作られる前にすでに陳腐になるほかない人。ハン・ジョンヒョクとカップリングしたファンフィクションを想像したことはないが、すでに出ていてもおかしくない。LKグループがLKスペースの前身となるオデッセイ社を買収したのは、キム・ジェインが大学入学に備えていた一四歳のとき。ハン・ジョンヒョクはキム・ジェインのために軌道エレベーターを建造したのだと、誰かが話に書いていてもおかしくない。誰かがハン・ジョンヒョク会長をロマンスの主人公に据えるなんて想像するだけでもゾワッと怖気だつが、ああいうものを作る人たちは限界を知らない。

そして、彼らの想像は正解かもしれない。

私はキム・ジェインについてどれだけ知っているかつくづく考えてみる。LKに在籍する一二年間で三〇回ほど会っていると思う。大部分はハン会長と一緒で、そのほかに報道資料について三、四回話したこともある。私といるときのキム・ジェインはプライベートについてほとんど話さなかった。ハン会長を〝ギルドンおじさん〟と呼ぶのも見たことがない。見たとしたら、戸惑っただろう。私が知っているキム・ジェインとハン会長のキャラクターにはまったくそぐわなかったから。

私が知っているキム・ジェインは、ドライでクールで事務的で人間的な魅力がまったくない人間だ。あまりに魅力がないので、片方の母親から受け継いだ美貌が際立つ人間だ。同僚の天文学者や宇宙工学の専門家たちの考えは違うだろうが、私が知っているキム・ジェインはそんな人だ。遠くから崇拝することなら私にもできるが、近くにいたらどうだろうか。アントン・チェが彼女のどこに惹かれたのか、私にはまだわからない。コントロール不能のセクシーな野獣のようなあの男と、雑誌のグラビアから切り抜いたような薄っぺらいキム・ジェインには釣り合う部分がなかった。

ハン会長の立場になって考えてみよう。二人ともハン一家のアウトサイダーだったから、新しく入ってきた姪にあたる少女に共感を覚えることもあっただろう。それが愛情に発展することも。ハン・ジョンヒョクがキム・レナのファンで、よく似た娘の姿がロマンチックな想像力を刺激したのかもしれない。私では思いつかないあらゆる可能性があっただろう。私に、この男の心のうちがどこまでわかるだろうか。これまでわかっていると思っていたハン・ジョンヒョクは、私の望みと必要性によっていくつかの表面的なピースを組み合わせた結果にすぎない。キム・ジェインについても同じことだ。私にとっては魅力がなくつまらないと感じるあの表面の下に、何があるのかはわからない。

しばし黙ってしまったチェ・ガンウの顔を見つめる。数日間、ひげ剃りもできなくてちらほらとひげが見える顔。両側の頬に島のように丸く生えたひげが滑稽だ。年齢よりも老けて見える顔だと思っていたが、今の表情はみすぼらしく育った子犬のようだ。そして、誰かに似ている。やっとわかった。アントン・チェだ。チェ・ガンウはアントン・チェの半端なそっくりバージョンだ。詐欺師の二人のリストに上がっていたほかの男たちも同じだ。中途半端なアントン・チェ。死んだ男が無責任に放っていた性的な魅力は無視して、だいたい似たような容貌だけを機械的に抽出した成果。

ハン会長の見た目を考えてみる。頭蓋骨からしてでこぼこと不格好で、細い眼はたれ下がり、口角は上がっているせいで、道化役者のように見える顔、小柄でずんぐりとした体。母親から規格通りの美貌をそっくり受け継いだほかの兄弟たちの間にいると、ハン会長は逆に目立っていた。生前のハン会長は醜くも強烈な顔を巧妙に利用していたので、彼が自分の見た目に不満を持っているなどと考えたこともなかった。しかし、それは何十歳も若い女性に恋をしているなどとは知らなかったからだ。ハン会長の美的センスで考えれば、みずからの姿でキム・ジェインと恋をするのは耐えがたかったかもしれない。

死んだハン・ジョンヒョク会長の一部であっただろう何かが、キム・ジェインの死んだ夫に何となく似ている男の頭の中に入っている。その男は今、キム・ジェインと軌道エレベーターを情熱的に愛している。

それまで、私は会長の私的情報を保存することには意味がないと考えていた。あの時、私は一つだけ決定的なことを見逃していた。ハン・ジョンヒョク会長は死んでも地上に残っていたかった。滅びずに生き残ってやりたいことがあった。自分が持つハン会長のイメージにとらわれて、私にはそれが見えていなかった。

それは、恋だ。

これからすべきこと

「これから何をするつもりですか？」

私は尋ねる。

「わかりません」

「バイオボットが何かをしろと指示するのでは？」

「いいえ」

「軌道エレベーターが好きで、キム・ジェインが好き。それだけですか？」

私に子ども扱いされていると思ったのか、チェ・ガンウは顔をしかめる。

私は椅子から立ち上がる。トレーラーの片隅にあるエアコンから流れ出すかすかな機械音と風の流れを感じながら、ゆっくりと歩く。

「これは私たち二人だけの秘密ではありません。ほかにも少しずつ知っている人たちがいるでしょう。その正体がＡＩか人間かわかりませんが、すべてのことがその誰かに指揮されています。今はLKロボティクスに再雇用された詐欺師たちも、君の脳に移植したバイオボットが何か特別なものだとうすうす気づいているでしょう。君だけが特別扱いされたのですから。先日、セケワエルを名乗る男を雇った誰かも、何らかおおよそのことがらを知っていました。ただ、あちらは、望む情報が〈ワーム〉の中に入っていると勘違いしていたのです。前回の事故が起きてから君を疑う人たちが一人、二人と増えつつあります。みんな手がかりを寄せ集めて自分だけの物語を作るでしょう。その物語がどの方向へ向かっても、最後にはみな一つに収斂されるでしょう」

トレーラーの中をぐるりと回ってふたたびチェ・ガンウの前に立つと、私は指で彼の額をトントンと叩いた。

「みんながLKスペースの新入社員、チェ・ガンウの頭の中身を狙っているというわけです。生け捕りにするのが最善ですが、死んでいても大差ないでしょう。最近は記憶の回収のための装備も改良されています」

チェ・ガンウの顔が青ざめて、私は満足する。

「この状況で、私は何をすべきでしょうね？　私はもっぱらLKのシステムの中でだけそれなりに存在している人間です。国籍もないし、身分も捏造したものです。これまで十年以上ハン・ジョンヒョク会長は私にとって心強い防波堤となってくれました。今は何とか持ちこたえていますが、これがいつまで続くかわかりません。もしも、ハン・スヒョンがロス・リーを追い出してLKを掌握したら？　彼は父親に関する何もかもを嫌っています。父親だと認めてもいないでしょう。本当の父親は祖父と呼んでいるハン・ブギョム元会長ですから。ええ、噂は本当ですよ。養子にした息子に遺伝性の疾患があるとわかって、そうしろと指示したのです。ハン・スヒョンもそのことを知っています。ですから、ロス・リーが追い出されたら、私はお終いです。ハン・スヒョンはハン・ジョンヒョク会長が残したすべてを片付けるでしょうし、そこには当然私も含まれていますから。あ、もしかして私の本名も思い出しましたか？　言ってみてください。深く考えずに、今すぐ」

チェ・ガンウはつかえながら私の本名を口にした。これまで一二年間、一度も呼ばれたことのない名前を。

「その名前で検索してみれば、私がどんな状況か見当がつくでしょう。いや、その内容も待っていれば思い出すかもしれません。ハン・ジョンヒョク会長は、絶対に自分に忠実にならざるを得ない欠落した人間を見つける天才でした。問題は、死んだあとはそんな部下の面倒を見られないことです。だとしたら、君は私にとって二度目のチャンスです。今の身分のまま引退して、アラスカかどこかでホッキョクグマでも見物しながら死ぬまで平和に生きていけるチャンス」

「でも、何もわかりません」

「どれほどわかっていて、どれほどわからないのかも、わからないでしょう？　君の脳は今ぐちゃぐちゃです。会社で移植した〈ワーム〉とどのようにつながっているかもわかりません。それを別にしても、ぐちゃぐちゃなことに変わりはないでしょう。君は誇大妄想とアイデンティティーの混乱に陥っていて、頭の中には死んだ男の幽霊が入っている。しかも会ったこともない女性を愛しています。軌道エレベーターのことならなんでもわかると思っていても、その知識はどこまで本物か確かめることができますか？　すべて他人が移植した知識です。そこにブービートラップが設置されている可能性もあります。それをいじったら最後、オショネシの〈ワーム〉のようにパンッと音を立てて脳が破裂するんです。それともただのグリッチノイズだけかもしれません。記憶転送技術はまだ完璧ではないので。記憶の検証はどこまで？」

顔に自信が戻ってきたところを見ると、ずいぶん検証してみた様子だ。しかし、私は口を開く隙も与えずに、話を続ける。

「私が見るに、君には何の考えも計画もありません。昔、蝶を追いかけていたように、ただ軌道エレベーターとキム・ジェインへの愛を楽しんでいるんです。君の同期たちは、今死に物狂いで働いて勉強していますが、君はどうですか？　同じように努力しているとは思えません。ああ、はた目からは一応働いて勉強しているように見えるでしょう。しかし、それは他人に注がれた酒を飲むのと大差ありません。それも悪くはありません、私が口出しすることでもありません。しかし、オショネシが君から〈ワーム〉を抽出しようとしたあの瞬間、幸せの時間は終わりました。君は猟期の兎です。バックスバニーのようにクルクルと頭を回転させなくては死ぬのです。いや、ただ死を迎えるだけなら贅沢かもしれませんよ」

「もう、止めてください！」

「止めたら何か変わりますか？　それでも私に会えたのはラッキーです。いや、これも亡くなった会長の緻密な計算なのかもしれません。何を考えているかわからないロス・リーと、欲深くて愚かなハン・スヒョンの手から、LKと我々のような人間を守れるように、はじめから組み立てられたシナリオの可能性もありますよね。オショネシを雇ったのは、死んだ会長だったのではないかと思えてきますよ。どうか、気を確かに。いや、違うな。こんなふうにすべてを運に任せる人ではなかったから。いや、それもわからんな、私にハン会長の何がわかるというのか？」

急に怒りがこみあげ、私は立ち止まって頭を掻きむしる。なんとか冷静さを取り戻した私はあっけに取られているチェ・ガンウに近づく。

「欲を出すのです。君が、おそらく私もが、生き残ることのできる唯一の道です。君が持っているすべてを利用なさい。うまくいけばLKを支配することができるかもしれません。運が良ければキム・ジェインとベッドで絡まりあえるかもしれん。君は世界中のエンジニアたちが夢見るファンタジーの世界にいるんですよ。それなのに……」

「そんなことは考えていません」

「いや、いったいどうして？」

「僕が言いたいのは、会長はキム・ジェインにそんな考えを持っていたわけではないということです」

では何だ？　ハン会長が抱いていた感情は、激烈な家族愛だったのか？　それもありえなくはないが。血がつながっていなくとも、姪にそんな欲望を持つのは気持ち悪いからな。いや、違うだろう。それは今までにチェ・ガンウから聞いた話と合わない。だが、今はディテールを質《ただ》すときではない。

「一つずつやっていきましょう。まず今すべきは自分たちを保護することです。ここで一番問題となるのは、私たちの脳に入っている〈ワーム〉ですね。ファイアウォールを強化するだけでは足りません。〈ワーム〉があればいつだって私たちの頭の中は会社に筒抜けです。君の場合は脳と〈ワーム〉がどのようにつながっているか、まだわからないからより面倒だ。さいわい、私はこういうことを解決してくれる人物を知っています。問題は……」

「問題は？」

「私がその女性を信じられるか？　です」

妖精の翼の下で

「ハンサムだねえ」

「からかわないでくれよ、真に受けるぞ」

「だけど、アントン・チェに似てるか、よくわからないわ」

「機械的に見た目が似てるのを選んでいるからな。見た目は人間の魅力の一部にすぎんよ」

「そう？　アントン・チェに見た目以外の魅力があった？　あんたのタイプだったのは知ってる。だけど無理な曲芸で故障した宇宙船と一緒に燃えて消えていった以外に、何かあったっけ？　それに今の時代にテストパイロットなんて職業、冗談でしょ？　実験用マウスとどこが違うの？」

スマク・グラスカムプはイライラを隠しきれない様子だ。

「それに比べて、あんたがつまらない女っていうキム・ジェインは中身がある人間だよ。

系外惑星で新しい種類の生命体を発見したし、LKスペースが実現するビジョンの半分は今でも彼女が発信してる。今LKスペースを代表しているのは、創業者の遺伝子から模造したハン・スヒョンじゃなくてキム・ジェインでしょ。この人が言っているキム・ジェインへの愛情はありきたりに見えるかもしれないけど、あんたが考えるほど空っぽじゃないよ」

「あ、あの……」

チェ・ガンウが割って入った。言いたいことがあるのかと思ったら、それだけだった。本人がここにいますよ、と伝えたかったらしい。

「で、何がしたいわけ？」

グラスカムプが尋ねる。

「とりあえず、バイオボットに入っていた情報をすべてアクティベートして、それを会社から保護してほしい。そのためにここに来たんだ」

「うちでできるってどうしてわかったの？」

「グリーンフェアリーに返す前に、ネベル・オショネシの脳を検査してみたんだ。あのときはバイオボットなんて考えもしなかったから、〈ワーム〉のことだけ気にしていた。だが、今ならわかる。今じゃおたくの会社には相当なレベルのバイオボット技術があるんだろう。ＬＫのどこかから情報漏洩したのか」

グラスカムプは頭をのけぞらせて大声で笑った。

「情報漏洩じゃないよ、マック。ＬＫロボティクスから直接受け取ったの。あんたの会社は実用化前に融通の利く実験台が必要だった。うちが先で、次にこの男」

「オショネシもバイオボットに操られていたんだろうか？」

「わたしらもその可能性を考えているよ。バイオボットを移植した四人の職員を全員呼んで、一つずつ〈ワーム〉を移植した。この男の管理もうちでしてあげられる。問題はあんたがこちらを信用できるかどうかってこと」

「信用できないに決まっているだろう。あんたらがこの男の脳を手に入れて、どこかに売りとばすために嘘をついている可能性だって低くはないしな。オショネシがあんたに操られて暴れ出した可能性もな。だが、今この状況であんたを頼りにすれば、生き残れる可能性も高い」

「キム・ジェインに助けを求めるほうがマシじゃない？　あの人はわたしより信用できるはず」

「それは後から考えるとするよ。だが、その前に何があるのかわかっておかないと」

「安全も大事だけど、利益があるなら利用したいってこと？」

「どこが悪い？」

「悪くはないけど、その子も同じ考えなの？」

　グラスカムプが痩せこけた指をチェ・ガンウに向ける。彼の強張った顔を見る。表情の変化だけでも、頭の中で何を考えているか想像がつく。正体不明の誰かに殺害されて脳を奪い取られるのは恐ろしい。しかし、キム・ジェインに助けを求め、その保護下に入るのは面子が立たない。ヤツは自分の男らしさを守り、できるだけ対等な態度で愛する女の前に立ちたいのだ。

「何でもいい。早くしてください」

「お望みなら仕方がないね。だけど、その腹黒い老いぼれがあんたの片思いを利用してるってことは忘れちゃダメだよ」

　グラスカムプが指をはじく。これまで円形の自動車と道の向こうのフランス式建物を見せていた窓が、いきなり真っ暗になる。騙された。今まで一階だと思っていた事務室は実際には地下のどこかで、グリーンフェアリーは最初から私たちの脱出路を塞いでいた。だが、この状況はむしろ安心できるものでもある。こうやってこまごまと腹を探ってくるのは、むしろ悪意がないという意味だろうから。

　ドアが開き、四人の女性がタイヤのついたリクライニングチェアを転がして入ってくる。

その中の、こちらの気が散るほど乱れた髪をして白衣を着ている女性は、私も顔を知っている。ビライボン・バン博士という名前で覚えているが、おそらく本当は違う発音だろう。保安部が対外業務部を通して雇いたがっていたが、グリーンフェアリーへ行った。そちらのほうがもう少し脱法行為ができるのだろう。

女たちはチェ・ガンウを無理やりリクライニングチェアに座らせた。六本の黒い腕がくねくねと出てきてチェ・ガンウの体を縛り付ける。バン博士は左手に持っていたスチームパンク風のヘルメットを被らせる。ヘルメットが固定されると女たちはリクライニングチェアを押して、出てきたドアから退場する。

「こんなに急ぐ必要があるのか？」

「遅すぎるぐらいよ。ＬＫでのんびりやってる間に、感覚が鈍ったみたいだね？　バンダルスリブガワンからここまでくるのに、ずいぶん気を使っていたよね。それは認める。だけど、ここにきてあんなに簡単に武装を解いてどうするの。うちの会社の中には二重スパイがうじゃうじゃいるって、考えなかった？」

「その程度なら、あんたの判断で片付けてくれると思ったよ」

「わたしが、どうして？　あんなに使えるのに処分するわけないでしょ？」

透明な獣たちのバトル

女たちは三台のトラックが待つ駐車場へチェ・ガンウを連れて行く。チェ・ガンウは左のトラックへ、私とグラスカムプは二番目のトラックに乗る。ドアが閉まり、スピードが上がっていくのを感じるが、まったく揺れない。グリーンフェアリーがハリウッドの技術を総動員して作った移動研究室だ。ひと月前には同じような技術を使った数台の撮影用宇宙船を軌道エレベーターで宇宙に送った。一週間後に月の軌道で始まる宇宙戦争のリアリティショーの準備だ。

「彼の〈ワーム〉のコントロールキーをちょうだい」

「何をするのか教えてもらわないことには、やれないよ」

「いいわ。簡単に説明する。あんたがここに来たことでチェ・ガンウの存在が知られてしまった。どこが嗅ぎつけたのか、誰があの子を狙っているのかわたしたちにもわからない。それをあぶりだすために二重スパイを泳がせているんだし。だから移動研究室を使う。リモデリングしたばかりのビルを、この一件でぶち壊すわけにはいかないの。新しい〈ワーム〉を注入する時間もないから、すでに脳内にあるLKの〈ワーム〉を使うしかない。さいわい、わたしたちはLKの〈ワーム〉をよく知っているし、実験も済んでる。前に不正行為がバレた三人をうちの会社に連れてきて実験してるの。心配しなくていい。みんな無事だから。一人は記憶障害で苦労したけど、新しい人工海馬を移植してあげたから治るはずよ。数年分の記憶は消えるだろうけど、一〇代の記憶を引きずって何になるの。バイオボットが書きかえた脳組織も、〈ワーム〉も機能は同じ。海馬につなげれば何とかなるわ。〈ワーム〉の既存機能だけでも残りの記憶をアクティベートするのは難しくない。副作用は、まだわからない。エラーが出たらこちらで治療するから。キーを！」

私はフォンを差し出す。緑の魔女の親指がフォンの上を滑る。壁面スクリーンにチェ・ガンウのいる移動研究室が見える。あちらの研究室のスクリーンには私たちが映し出されていて、巨大な鏡の迷宮の中にいる気分だ。キーを伝えられたバン博士が、フランケンシュタイン博士の実験室から盗んできてリクライニングチェアに突き刺したかのような巨大な真鍮のレバーをつかんで引っ張る。チェ・ガンウは体をブルブルとふるわせて悲鳴を上げまくり、バン博士は声を上げて笑っている。仕事にしては楽しみすぎているんじゃないかと心配になる。どう考えてもチェ・ガンウの安全と健康は、あの人たちの優先順位では後回しのようだ。

相変わらず揺れはしないが、急カーブを曲がるのを感じる。〈ワーム〉とフォンの地図サービスで現在地を確かめたいが、どちらもポンコツだ。移動研究室の遮断幕が信号を妨げている。私に与えられる情報はスピード感とカーブを曲がる感覚だけだ。よく知ってい る場所ならこれも有用だろうが、ビエンチャンは実際の発音もわからないほど知らない都市で、個々の地理についても何も知らない。ただチェ・ガンウが身をくねらせているスクリーンの向こうの研究室が、私たちとは違う道を進んでいるのはわかる。こちらがまっすぐに疾走しているときに、あちらは危なっかしいほど急カーブで右に曲がっている。

「わたしたちも、これまで忙しくてね」

グラスカムプが続ける。

「パトゥサンで受け取ったオショネシの脳をもう一度細胞単位で解剖して、過去一年間に転送されたバックアップの資料も調べてみたわ。バイオボットは一種のトロイの木馬で、オショネシが死んでいく間、その脳内においてすでに入っていたグリーンフェアリーの〈ワーム〉を少しずつ捏造していた。それまで気が付かなかったかって？　いや、当然知っていたよ。わたしたちはそれをLKの内部に入るバックドアだと思った。パラではあんたに本当のことを言わなかった、申し訳ない。いや、別に申し訳なくもないけど。

オショネシがおかしな行動を始めたことは、こちらでもすぐにわかったし、オショネシ自身も自分がコントロールされているって気づいていた。操る側も、こちらにバレているって気づいてた。どちらが一足早いかってゲームで、そのゲームにこっちが負けたわけ。あいつらはすごく狡猾だった。いじっていないように見えたほかの四人の〈ワーム〉もやっぱり巧妙に捏造されていて、オショネシの〈ワーム〉から出したデータの分析結果を混乱させていた。この点はわたしたちも準備できていたと思っていたけど、わかるでしょ、マック。今の世の中にはクリスティーの小説みたいなどんでん返しなんてないよ。

それでも自分たちの相手が誰かは突き止めた。LK保安部。少なくとも保安部の中のある集団。怪しい臭いのもとはぜんぶ保安部だった。オショネシが死ぬ前は八〇パーセントの確率だったけど、今は九六パーセントの確率だよ。あの事件のあと、対外業務部が右往左往するのを見て、確信した。対外業務部が一番わかっていないのは保安部だよね。そうじゃない？　あんたたちはどちらも細胞に吸収されたミトコンドリアみたいに、LKに入ってくる前には別の会社で、今も競い合ってる。あんたたちの単位で協力なんてしない。

もちろん保安部が勝手にやったわけじゃない。バックに誰かいる。その誰かがキム・ジェインだったら、あんたたちは虎の穴に自分の足で入って行くことになるね」

「その線はないな。あの女には動機がないだろ」

「そうかしら？　じゃあ、ほかの人には動機がある？　ＬＫのオリンポスでどんなことが起きているか、どれだけわかってるわけ？　重要な情報はバイオボットを通じてチェ・ガンウの脳に直接移植されて、ＬＫの〈ワーム〉は清潔だと、あんたはこれまで思っていたでしょ？　でも、違うんだなあ。対外業務部の分析なんて軽々通過する第二プログラムが、あの中に入ってる。そのプログラムは今まで彼の脳内の情報を吸収して整理していたの。その結果をどこかに転送していた可能性もあるけど、それはまだわからない。だから、〈ワーム〉を抽出して転送するのは無意味なことじゃなかった」

「保安部がなぜ、そんな面倒なことをするんだ？　それまで誰もチェ・ガンウなんか気にかけもしなかった。夜に専門家を何人かマンションに送り込んで、〈ワーム〉を入れ替えるだけですむだろう。騒ぐ必要もないし、それ以上に人を殺す必要もない。民間スパイ会社の職員を洗脳して操るなんて面倒くさいことをしなくても」

「だけど、そんなことが起こった。つまりバックの人間にとって、それが計画通りだったわけ。なんで、そう考えたのかまだわからないけど。だから……」

グラスカムプは急に話を切って、唇を指でふさぐ。その瞬間、研究室がグラグラ揺れて私たちの体は上に横に傾く。スクリーンを見る。チェ・ガンウは相変わらず直進する研究室の中で悲鳴を上げている。途切れたことがあったろうか？　緑の魔女と話しているうちに、しばらくあちらの存在を忘れていた。

悲鳴が止まった。ヘルメットが外され、拘束が解かれる。女たちは意識を失ったチェ・ガンウの体を押してリクライニングチェアからベビーカーを大きくしたようなものに移して座らせる。その瞬間、あちらの壁面スクリーンが消えて赤い穴が開くのが見えた。スクリーンもろとも壁が割れて研究室が揺れる。今まで内部の安定を維持していたハリウッド仕込みの機械が故障したのだ。バン博士が何やらわめいた瞬間、こちらのスクリーンが真っ暗になった。

グラスカムプが指をはじく。と、同時にスクリーンの向かいの壁に畳み込まれていたイルカ形の二人乗りバイクが降下してくる。床に触れる直前に旧型のタイヤが二つ出てきて、半透明になる。私はグラスカムプに言われたとおりにへこんでいる後部座席に座る。後ろから伸びてきたキャノピーが豆のさやの形で私たちを包む。

「覚悟を決めなさい」

研究室後ろのドアが開き、バイクが飛び出す。

トラックは巨大なゴミの山の真ん中で横転している。トラックの表面はこれまでに受けてきた攻撃でデコボコになり、ちぎれる寸前だ。所々に破壊された飛行ドローンとロボットが落ちて転がっている。空が明滅する。数秒前までトラックを中心に空中戦を繰り広げていたステルス膜をまとった飛行ドローンが、西の空に向かって飛んでいく。半分は私たちの味方、残りは正体のわからない敵のドローンだ。ステルス膜を失くしたドローンが一台墜落する。ここからではどちらの味方かわからない。

〈ワーム〉が作動し、私の脳内に画面が開く。地図だ。西に向かって走っている赤いドットが、私たちの乗ったバイクだ。西からは緑のドットが一つ私たちに向かって走ってくる。緑のドットの周囲を点滅する黄色いドットが取り囲んでいる。

新しい画面が一つ開く。下から広角レンズで映した、歪んで滑稽に見えるバン博士の顔だ。唾を飛ばしながら何とかと騒ぎ立てているが、意味はおろかそれが何語か見当もつかない言語だ。アフリカーンス語でも、ラオス語でもない。やや似ていると言えばなんちゃ《ピッ》って《グ》ラテン語か。まさか本当にピッグ・ラテンなのか。

三つ目の画面が開く。味方のドローンが撮った映像だ。ステルス膜をまとってうごめく光の塊のようなバイクが、廃墟となった工場地帯を疾走している。バイクの周辺には針を発射するドローンがウジャウジャとついてくる。遠くからカメラに向かって走ってくるバイクと、バイクと共にトラックから飛び出した飛行ドローンの群れが見える。私は画面を閉じ、正面から私たちに向かって突っ込んでくるステルス膜をまとったバイクを確認する。四方から聞こえてくる銃撃音と共に、周囲の空間全体が揺れながら割れるかのようだ。透明な獣たちのバトルフィールド。私は歯を食いしばって目を閉じる。こんなところにいるには、年を取りすぎた。

　バイクは回転してジャンプする。前に飛び出した二つの機関銃が釘爆弾《ネイルボム》を発射する。ドローンが二台墜落し、爆音とともに地面全体が揺れる。私は片方の目だけを開けて大声で怒鳴る。ステルス膜を失くした二台のドローンが、正面のバイクに向かって飛んでいく。一台は、まだ透明な敵のドローンに頭を突っ込んで横にそれていくが、残りの一台はバイクに衝突する。黄色の火花がきらめき、四方に金属の破片が飛び散る。

　明滅していた空が、突然暗くなる。〈ワーム〉がふたたびオフになる。今まで互いに針を撃ち合っていたドローンたちはほぼ同時にステルス膜を失って墜落する。一台が今まで抱えていた電子パルス爆弾を放ったのだ。

　私はバイクから飛び降りる。正面のバイクは形もわからないほど粉々になった。私はチェ・ガンウとバン博士の死体を見つけようと、辺りを見回す。真っ二つになった死体のように見えるものが、破片の下敷きになっている。私は破片を取り除いていく。

　真っ二つになった木の人形だ。バン博士の顔に似せた仮面をつけた人形。

　背後からケラケラと笑い声が聞こえる。これまでの自分が、緑の魔女がやっていたゲームの一部だったのだと気づく。

「どこまでがリアルなんだ？」

「あんたが見たスクリーンにリアルは一つもない。マック、どう？　真に迫ってたでしょ？　ちょっとわざとらしかったところもあるけど、リアルなだけじゃ面白くないものね」

「チェ・ガンウが乗ったトラックは無事か？」

「三台ともオトリだよ。トラックの中で精巧な作業はできないでしょ。チェ・ガンウはずっと会社にいる。あ、今はもういない。十分前に作業が終わって、外に送り出したわ」

思い出すのが遅すぎた名前

〈ワーム〉がふたたび点灯する。空っぽだ。ジョージ・サンダースの声に設定している個人秘書プログラムも消え、基本プログラム以外のすべてが飛んでいた。試しに会社との接続を試みたが、無駄だった。私とLKはいまや何の関係もない。ロス・リーにはどう弁解しようか？　後から考えればいいとも思うが、不安が消えない。

基本的な対策は打ってきた。バンダルスリブガワンに来る際に、自分自身に五日間の休暇を出した。計画はそれほどおかしくない。殺人未遂事件が起こり、しばらく非常事態ではあるが、いつも通りにやる気に満ちたミリアムがいるので、わざわざ私がいなくてもいい。私とチェ・ガンウは別々の飛行機でパトゥサンを出発した。この程度なら対外業務部の事情をよく知る者たちには、これから起こるかもしれない殺人の危険から私がチェ・ガンウを直接保護する任務を遂行しているように見えるだろう。二重にもっともらしい嘘だ。非常事態に備えて出発前に自分のアバターを立ち上げておいたから、とんでもなく面倒くさい事態にでもぶち当たらない限り、アバターが私のカカシを演じてくれる。そのうえアバターだとわかったとしても、変更なく計画は続けられる。私の業務はもともとそういうものだ。嘘をついて、策略を実行するのはいつものことだ。

ただし、この策略がレクス・タマキにはどう見えることか。

タマキと私は、初めて会った瞬間から互いを相手にチェスをしてきた。業務だけを考えれば私たちはそれほど競争する必要はない。しかし、ある会社が二つの犯罪者集団を同時に雇用して隣り合った業務を任せるとしたら、互いに牽制《けんせい》しあうのは当然だ。雇ってくれたボスが突然亡くなり、忠誠を誓う対象が消えてしまったら、ことさらに。死んだ会長は私たちの緊張関係を楽しみながら二人の間のシナジー効果を作り出したが、会長ほどの変態ではない後継者たちは私たち二人を協力させるか、片側を排除するほうが効率的だと考える可能性が高い。これまで二人が持ちこたえてきたのは、ひとえに煮え切らないロス・リーの怠慢のためだった。

本物の情報をつかんでいるのは常に保安部のほうなので、不利なのはこちらだ。そのため、私たちはいっそう緊張しながら、情報を集めてきた。彼らが会社のために本当はどんなことを行っているのか何もわからない。しかし、その陰謀が私たちに向かっているとしたら事情が変わってくる。

レクス・タマキについて、私が確信できることは一つだけだ。いかなる信念もビジョンも政治的志向も持たない極めて世俗的で薄っぺらな男。時間さえあれば女の尻を追いかけて、危険な刺激と贅沢を好む。このゲームで私たちが不利な理由はここにある。私とは違って、ヤツはこのゲームを本当に面白がっている。これだけ時間があれば、私の正体を突き止めることもできただろうに、会長の死後もそのカードを切らない余裕があるのは、ゲームを楽しんでいるからだろう。ヤツにとって世の中はプレーフィールドで、私も対外業務部もおもちゃの一つにすぎない。保安部がハン・スヒョンに積極的に協力しない理由も同じだ。タマキにとってハン・スヒョンはこの世で一番つまらない人間なのだから。保安部がチェ・ガンウ殺人未遂の背後にいるとも思えない。とりあえず、あまりに稚拙だ。わざと稚拙なふりをする理由も思い当たらない。彼らも私たちのように真犯人を探し始めている可能性が高い。問題は彼らがどこまで真相に接近しているかだ。すでに真相を知っていたら、それをどうやって利用するつもりだろう?

とりあえず、ミリアムを信じることにしよう。保安部に対してだけは誰よりも敏感な人間だから。

起き上がって鏡を見る。整形前と似てはいるが少し感じが変わり、一〇歳ほど若く見える顔。ダークブラウンに染めて短く刈った髪。プロテーゼの異物感が少しあるが、耐えられそうだ。二時間で済んだ。グリーンフェアリーの扮装チームが、ほかにどんな技術を持っているか気になってくる。これから起こりうる副作用については考えないことにする。ドアを開けて外に出る。長い廊下に沿って歩くと娯楽室に出る。患者が二人、卓球をしている。別の二人がぼんやりとした表情でスクリーンを眺めている。スクリーンでは白いドレスを着た女性たちだけで構成されたオーケストラが、二十世紀のワルツを演奏している。

私はソファーに座って、〈ワーム〉で病院の公開記録に接続する。今、私の顔を持っている聞いたこともない名前の男は、すでに三日前から入院中だ。男の経歴ももっともらしい。突然タガログ語で話しかけられるようなことがなければ、それらしく真似できそうだ。チェ・ガンウと思しき患者は見つからない。もっと記録の奥深く隠されているようだ。

スマク・グラスカムプが医師と共に娯楽室に入ってくる。私はソファーから立ち上がり、ゆっくりと彼らに近づく。医師は私たちと別れて近くの病室へ入って行き、私とグラスカムプはエレベーターに乗る。私がこれまでいたのは二階だ。エレベーターは一二階へ向かう。

チェ・ガンウは一二〇五号室にいる。まだ意識が戻っていない。グリーンフェアリーの医師たちが勝手に挿入した整形プロテーゼのせいで顔がずいぶん腫れている。プロテーゼの機能はまだ作動していない状態で、顔に大きな変化はない。挿入手術のためか、顔はすっきりとひげが剃られている。

「回収したドローンを分析して、わたしたちを攻撃してきたのが誰か突き止めたよ。いや、誰かじゃなくて何かだ。TGGA運輸会社とHYOサービス」

グラスカムプが言う。

「それはどういう意味だ?」

「頭文字とかではないわ。ただの無作為なアルファベットの組み合わせ。どちらも勝手に生まれたAIたちが作った会社だよ。ラオスでは三年前からこういうのが生まれ始めた。ケニアとルワンダにもいくつかあるって聞いた気がするけど、もっとあると思う。みんな放置しておいて、どんなのが出てくるか見物しているところ。早めに準備しておいたほうがいいんじゃない? 人間の時代は終わり。あんたたちLKも統合AIの人格体に取って代わられる日は遠くない。

保安部の痕跡は見つけられなかった。ドローンは二つとも攻撃と一緒に消滅したんだよ。だけど、ラオス政府が監視中だったから痕跡が残ってた。私たちとその情報を共有するのは政府が嫌がるだろうけど、それでも痕跡を消したら消した跡が残るものだよ。今警察がその痕跡から得た証拠で動いているところだから」

「それはグリーンフェアリーに仕掛けられたエサじゃないのか？」

「その可能性にも備えているけど、あちらがどうしてそこまでやる必要があるの？　どうせどちらにとっても時間の浪費になるだけなのに？

チェ・ガンウの脳はクリーニングがひととおり終わったよ。〈ワーム〉もバックアップして。残念ながらわたしらは〈ワーム〉のデータを解読できない。彼の脳が必要なの。目覚めたら呼んで」

緑の魔女が退場すると、病室には私とチェ・ガンウだけが残った。私はベッドに伸びているヤツの体を眺め、ウッと声を出してそばの椅子に腰かける。捨てられた大型犬を拾って獣医師のもとに来た気分だ。わざわざしなくてもよかった苦労が、雪の塊のように大きくなっている。これが唯一の解決策だったろうか？　余計なことをせずに、今まで稼いできた金と会長の宝物を持ってＬＫを離れて隠れたほうがましだったんじゃないか？　今からでも遅くない。グラスカムプを拝み倒せば、余った身元の一つくらい準備してくれるだろう。ハン・スヒョンがわざわざ面倒な思いをしてまで私を追跡する理由があるだろうか？

あるな。ないはずがない。私は自問自答しながら、首を振る。私はこれまで自分の身を守るためだとか言って、死んだ会長が私により多くのことを引き継いだかのように、実際よりもっと危険な人物であるかのように、虚言を吐いてきた。組織を活かして、ほかの部署に負けまいと虚勢をはってきたが、今思えば愚か極まりない。ハン・スヒョンはぼんくらだが一人ではない。彼を担ぎ上げて自分の利権を得ようとする、数えきれない賢い人間たちがいる。これまで彼らはほかのことで忙しくてハン・スヒョンに力を持たせなかったが、この状況がいつまで続くか。ロス・リーがいなくなるころには、彼らの一部はどんな姿であれ力を合わせてハン・スヒョンの手足になるだろう。そのころになれば、タマキも誰につくか決めるだろう。私から引き出せるうまみが尽きているだろうから。

今、この状況で私を生きのびさせることができるのは、私の虚言を現実にすることだけだ。

チェ・ガンウの体がピクリと動く。ベッド上のモニターが点灯し、信号音が聞こえる。口が開き、うめき声が流れだす。再び体がピクリとすると鉄製のベッドが揺れる。ヤツは急に目を開けて私の左手首を握りしめ、まるで方言を話すように罵声を浴びせる。険悪極まりないが何十年も前の古くさい罵詈雑言で、恐ろしいというよりは滑稽に聞こえる韓国語の罵声だ。

ナースが二人駆けつけてきて私たちを引き離すと、チェ・ガンウの首に鎮静剤を注射する。罵声は小さくなり、すすり泣きに変わる。私はナースたちの間に割って入る。しばらく焦点が合わずぼんやりと宙を泳いでいた彼の眼が、私を見て大きく開く。

「俺が殺した、マック。俺があの人たちを殺したんだ！」

チェ・ガンウの声だが、その話し方は怪しいほど死んだ会長に似ている。

「誰をですか？」

「アドゥナン・アフマド。それから、あの人たち……」

薬物の効果が脳まで届くと、ヤツの声も小さくなる。私はヤツをナースたちに任せて、ぼんやりと病室を後にする。

僕が殺した人たち

アドゥナン・アフマドはLK建設に雇われた地質学者だった。漁師の息子で、子どものころはほぼパトゥサンで過ごしている。タプロバニの大学に通い、韓国科学技術大学で博士の学位を取った。スポンジのように無数の空洞を持つパトゥサンの地質構造を逆手に取って、地下都市を建設するという大胆な計画を立てていたLK建設が早くから狙っていた人材だ。パトゥサンのどこかには、彼の名前が刻まれたプレートが貼ってある。名前の下には会社が雇った詩人による韓国語の三行詩が刻まれている。詩人はハン会長から与えられた金でパトゥサンに一年間滞在し、亡くなったり行方不明になったりした都市建設者たちを称える詩を数十篇書いた。御用詩人の作品にしてはかなりの出来だといわれているが、私は韓国語の詩のことはわからない。

アドゥナンはカールした髪を肩まで伸ばした身長二メートル近い巨人だった。ハンサムではないが、温かい笑顔が印象的だった。同僚の韓国人たちとは違ってひげの脱毛などはしなかった。賢くて有能だったが、単純で正直な男だった。私とは一週間程度デートをして、二回寝た。同性愛者だったわけではない。単純に刺激のバリエーションを求める若者だった。

十年前といえばLKで重責を担うパトゥサン人は、板挟みの境遇にあった。アドゥナンのように単純で正直な人間なら、さらに苦しかったろう。どちらかを選べ。多国籍企業の犬になるか、同胞のために闘うか。狡賢い人間たちは現実世界のどこかに妥協点を見つけるものだ。しかし、アドゥナンはそのどちらもよしとしなかった。軌道エレベーターへの愛情とパトゥサン人としての矜持のどちらも一歩も譲れず、この二つは妥協も調和も不可能だった。

パトゥサン解放戦線はまだできていなかった。ただの意見や不満や怒りが数多くあって、まだ一つに固まっていなかった。その中でアドゥナンは自分が愛するどちらにも正直であろうとした。そして、それは危険な曲芸だった。

数えきれない人たちがアドゥナンを利用しようとした。天真爛漫な地質学者は、この泥沼の中でできるだけ自分の頭で考え、自分の意志に従って行動しようとした。当然、みなに利用され、徐々に敵が増えていくばかりだった。驚くべき変化だった。アドゥナンは自分がこれほど政治的になるなんて、これほど多くの人たちに嫌われる日が来るなんて、想像したこともなかった。

ハン・ジョンヒョク会長は、アドゥナンの味方だった。面倒がったが、気に入っていた。

楽な選択をしようとしない、筋の通ったヤツだと言っていた。日和見だとかコウモリだとか悪く言われることもあったが、本当の日和見主義者たちはアドゥナンの両側にいた。はっきりとした政治性は、日和見主義者たちにとって使いやすい武器だった。もちろん会社の利益をひどく損なうことがあれば、会長はためらいなく彼を追い出す用意ができていた。

そうしているうちに、あの三弁護士事件が起きた。

その弁護士たちの名前はイ・ジェチャン、カン・ヨンス、チョン・ムンギョン。彼らはLKスペースの法務部に所属していた。弁護士といってもプロの詐欺師も同然の連中だ。今のような宇宙時代のものとは信じがたいパトゥサンの抜け穴だらけの法律を、会社に有利になるように利用すること。その道を見つけるのが彼らの仕事だった。思ったより仕事は多く、パトゥサンの法廷では本当にどんなことでも起こりえた。

彼らが自分たちの仕事だけを熱心にしていたなら、私がわざわざその名前を知る必要もなかった。彼らはやってはならないことをやらかした。雨の降るある日曜の夕方、パトゥサンの旧市街地から出てきて新市街地で遊んで帰るところだった十四歳の二人の少女をレイプした。一人はそのときに死亡した。

これは計画犯罪だった。脳に〈ワーム〉を埋め込んである一般職員が、偶発的にレイプ犯になる可能性は極めて低い。重大な犯罪が起ころうものならその瞬間、〈ワーム〉はその情報を会社に転送するはずだ。つまり、彼らが犯罪の発生以前に〈ワーム〉を操作して、〈ワーム〉があるという事実をアリバイの一部として利用したという意味だ。つまり、彼らは数カ月前から被害者たちをつけ狙っていたという意味でもある。

犯人たちは彼女らに薬物を投与していたが、生き残った被害者はレイプ犯のうち一人の顔を覚えていた。三人組だったことも思い出した。しかしDNAの証拠を見つけ出せず、三人組のアリバイを崩すこともできなかった。彼らがどうやって監視カメラとドローンの映像を操作し、アリバイを作ったのかは手に取るようにわかったが、それだけでは証拠にならなかった。その前から思わしくなかった反LK感情が暴走を始めた。よりによって選挙シーズンで、亡くなった被害者の母親はドラミン党の要職にあった。頭数ではマイノリティーの先住民たちが、会社の未来を邪魔する可能性もある。

ハン・ジョンヒョク会長はスッキリした解決を望んだ。保安部に入ったばかりのレクス・タマキがそれを引き受けた。四日間の休暇を取ったタマキは、一人でジャカルタに飛んでいき逃亡していた弁護士を一人ずつ拉致すると、宅配ボックスに詰めてきた。

犯人たちが目覚めると、そこは生き残った被害者と死んだ被害者の母親の目の前だった。ハン会長は犯人を法的に処罰するのは不可能だと説明して、縁《ふち》にのこぎりの歯のついた奇怪な形の凶器を、二人に七組差し出した。これらはすべて犯人に最悪の苦しみを与えるべく、タマキが直接デザインしたものだ。タマキは親切なことに、どの部分を刺せば苦しみが最大になり長引くのか教えてやった。二人は気に入った凶器を一つずつ手に取り、レイプ犯たちは一時間半の間グズグズと呻きながら死んだ。保安部は死体を処理し、ジャカルタ近くの海域では特に怪しくもないヨットの事故が起きた。アリバイの捏造にかけては、タマキが一枚上だった。

ハッピーエンドだ。しかし、悪党たちは死んでからも恥知らずだった。彼らは事件後、会社が自分たちを守ってくれないことに怒って、LKスペース法務部の資料をこっそりと持ち出し、データ倉庫に入れてあった。彼らが失踪すると資料はまるごとパトゥサンのさまざまな政治勢力に引き継がれた。

資料の大部分は法務部が処理し、残りは対外業務部の仕事だった。もともとこんなことを担当させるために買い取られたのだ。我々はできるかぎりスッキリとことを収めた。この情報漏洩を通じて、堆積層のように積み重なった慣習法のどこかに埋もれていたいくつかの連鎖的な違法行為が明るみに出た。担当判事の適切な裁量によって、新都市区域の土地の四〇パーセントの所有権をパトゥサンの先住民たちがふたたび主張できることになったのだ。そのうえレイプ事件で膨れ上がった反LK感情は、簡単には収まらなかった。被害者の母親が受け皿になるには限界があった。自分の手を血で汚していたので、ハン・ジヨンヒョクの誠意をほかの人に知らせるわけにもいかない。世間から見れば、レイプ犯を殺したのは神の手で、LKではなかった。

「アドゥナン・アフマドと、その事件とどんな関係があるの？」

グラスカムプが尋ねる。

「彼は土地の所有権を主張できる五〇人のうちの一人で、死んだ少女のいとこだった。その当時、会社では絶対に手放したくない人材でもあった。それに、言っただろ、会長のお気に入りだったって。いきがかりでパトゥサンの最重要人物になってしまったアドゥナンは以前とは変わり、会社内でパトゥサン人の職員を集めて次第に会社にプレッシャーをかけてきた。ハン会長の長所は相手の強みと弱みを完璧に把握して、それを最大限利用できるってことだ。アドゥナンの強みと弱みは何か？　それは、正直すぎて隠し事ができないってことだった。単純で薄っぺらだった。以前はもう少し複雑な人間に見えたよ、はた目には矛盾している二つの感情が衝突していたからな。だが、そのときでも単純なことに変わりなかった。複雑なのは状況で、人間が複雑なわけじゃない。だから、この男が動けばそれまでは反対していた人たちも信じたんだろうな。単純で正直な人間だけが持つ力があるから。

こういうときはどうすべきか。会長は賭けに出た。アドゥナンだけを呼び出して、レイプ犯たちがどんなふうに死んだのか教えてやったんだ。秘密を共有する共犯者に仕立てたってわけだ。その瞬間、アドゥナンは自分が汚されたと感じたみたいだ。正義はかなえられた。しかし自分はもう正直者ではない。その瞬間、周りの人間も感じただろう。アドゥナンが、以前とは違ってギクシャクと不具合を抱えた状況だって。みんなはそれを見てアドゥナンが会長側に寝返ったのだと理解した。実際に間違いではないしな。会長は実に簡単なやり方で、五〇人の集団に亀裂を生んだ」

「なんでわたしがその話を知らないのかしら？　LKの事情を全部チェックしているわけじゃないけど、それほどのレベルの事件なら知らないはずがないけど」

「あっさり終わったよ。少なくともはた目には。会社と五〇人は比較的すんなりと妥協した。反LK感情はドラミン党がコントロールした。死んだ少女の母親が、公式に会社を支持したんだから終わったことに見えただろう。アドゥナンと何人かの同僚は、キリスト教過激派の爆弾テロで死んだ。それでも悪く言う人がいたが、多くは彼の死を惜しんで悲しんだ。どうしても彼の代わりがいなかった。この島の地質学的構造について、彼ほどよくわかっている人間はいなかったからな。AIには理解しきれない、未知の一〇パーセントというか。そういうことは経験を通じて直感でわかるのだと言っていたな。それがどういうことか、私にはわからんが」

私もこのストーリーを信じた。信じない理由があるか？　パトゥサンの住民たちとLK

の衝突はそれまでずっと続いていた。当時の私は、会長がレイプ犯を処刑したことも知らなかったから、事態がどれほど深刻かわからなかった。今も昔も、私にはわからないことがたくさんある。実際に何が起きているかわかっていたら、こんなにもっともらしい偽装はできないからな」

「じゃあ、実際にはどんなことが起きていたの？」

「五〇人中三八人が死んだ。会社がアドゥナンを使って自分たちを操作していると信じこんだ集団が工事区域に入り込んでデモを始めたんだ。最初はそんな考えはなかったようだ。ただ、アドゥナンに一言モノ申してやろうとしてたんじゃないか。アドゥナンのほうは自分と会社を守ろうとしていたようだ。そうしているうちに、事件の真相が流出したみたいだ。それはアドゥナンにとって有利にも不利にもなる可能性があったが、そのときは後者だったな。レイプ犯を殺そうが殺すまいが、彼らにとって何の関係がある？　だがこれを利用してドラミン党の勢力をそいで、会社を攻撃することができるなら事情は変わってくる。保安部が介入し、会社は承認を下した。彼らは地質学的にとても脆弱な場所にいたので、集団虐殺するストレスは割と少なかったはずだ。もともとギリギリで耐えていた地面の一部が、本当に崩れたんだから。会社が手を下さなくても、起きていたはずの事故だ。

その後のストーリーは最初から最後まで作り話だ。三八人のうち三五人は保安部が架空のキャラクターに置き換えた。書類とオンライン人格体としてだけ存在する偽物の人間たちが死んだ人たちの代わりに生き始めた。この人たちのほとんどは親がパトゥサン出身というだけで、外国人も同然だったから捏造は簡単だった。だが、アドゥナンと同僚たちは同じように処理するわけにいかない。しかたなくキリスト教のテロリストたちを引き入れなくてはならなかった。まったくのウソでもない。すでに二度もタワーに爆弾をしかけて発覚した奴らだった。ただし、ひどく非能率的に組織が点在しているから、仲間が何をしでかしたのかわからずにいた。奴らはまだ、あれが自分たちの仕業だと思っている」

「そんなことが起こっていたのに、あんたたちは知らずにいたの?」

「私たちの知らない何かがあるんだろうと想像はしていたよ。タマキがニヤニヤしていたからな」

「でも、そんなの道理に合わないでしょ? 最初から最後までハン・ジョンヒョクらしくない。レイプ犯が裁かれずに逃げ切った? それが縁起でもない? 放っておけば会社に害が及びそうだ? 全部理解できる。だけど、もっと安全な解決法もいくらでもある。レイプ犯たちがアリバイを捏造できたなら保安部も証拠を捏造できるでしょ。そんな処刑をしなくたって、LKみたいな会社が弁護士三人を懲らしめる方法はあるでしょう? それなのに、あんたの話だとハン・ジョンヒョクは血を見ずにすむ数百の解決法があるのに、エルンスト・スタヴロ・ブロフェルドみたいな真似をしたのね」

「誰のことだ？」

「古い映画の悪役《ヴィラン》。とにかく、最初のボタンを掛け違えると、その後ずっと間違った方法で収拾をつけることになって、事件が大きくなるでしょ。周りにＡＩでも人間でもいいから賢い参謀はいなかったの？　いたのに無視したの？　賢くて現実的でしっかり者だった人が、一体どうしてこんなバカな真似を？」

「恋に落ちたから」

「は？　そんな子どもじみた話ある？」

「子どもっぽいけど、事実だよ。恋に落ちたから。パトゥサンの新市街地と軌道エレベーターは、ハン・ジョンヒョク会長がキム・ジェインにささげたプレゼントだ。ハン会長は、ここにどんな汚いものも残したくなかった。レイプ犯がいたなら、完全に消去しなけりゃならない。監獄送りの代わりに、完璧な処罰をする過程で存在自体を消さなくては。当時のハン・ジョンヒョクにとって、これは完全に理にかなっていた。しかし、それは他人に打ち明けられない個人的な欲望に基づいた正常ではない解決策だったし、結局、事件は大きくなってしまった。そして、これまで埋もれていたその罪の意識が記憶と共にチェ・ガンウの脳で目覚めたんだ」

失踪

病室は空っぽだった。

ベッドは乱れていて、クローゼットは開いていた。照明を含むすべての電気機器は消えていた。ゴミ箱には、片隅に私の名前が書かれた紙切れが捨ててあった。私に何かメッセージを残そうとして、諦めたようだ。

「彼はどれだけ賢いの？」

「何年か前までは蝶を追いまわすのがこの世で一番面白いと思ってた男だよ」

「それはわたしの質問の答えじゃないよ。うちの保安装置をくぐって病院から抜け出せるほど賢いの？」

侮辱されたような表情だ。チェ・ガンウのような青二才にグリーンフェアリーの保安網を破られたなんて、プライドが傷ついただろう。この傷を癒やすためには、彼がただの青二才ではないことを証明しなくてはならない。

「バイオボットのおかげで、パトゥサンの軌道エレベーターに関しては気持ち悪いくらいよく知っている。だが、それが病院から脱出する役にたつかな？　ないな。どう考えてもこれは、単独の知識だけでできることじゃない。外部の力を借りたんだろう。〈ワーム〉が目覚めたときに、自動的に外部に接続したんだな」

「つまり、自分がハン・ジョンヒョクだと信じているかもしれない、誇大妄想症の蝶の愛好家が、正体不明の誰かの助けを借りて脱出して、ビエンチャンのどこかをうろついているかもしれないってことね？」

　私は、デジタルデータの形でどこかに保存されているハン会長の〈幽霊〉が、〈ワーム〉のアクティベートと共にチェ・ガンウの脳内に入って彼の精神を掌握した可能性を想像してみる。一番もっともらしい筋書きだが、あまりにできすぎていてむしろ違うと感じる。ハン会長はそんな見え透いた人物ではない。木石のように感情を見せないキム・ジェインが、一九世紀ゴシック小説のヒロインのように素直にこのアイデアにのってくるのも想像できそうにない。何よりも、すべてがグロテスク極まりない。ハン会長も、自分の感情のグロテスクさをわかっていただろう。だから自分の感情をあんなにも必死に隠してきたのだろう。体を交換したからといって、そのグロテスクさが消えるわけではない。

　技術的な面も気にかかる。記憶の一部を分析して転送するのは、それほど難しいことではない。しかし、個人の意識全体を転送する？　それも生きている人間の脳に？　いつかは可能になるかもしれないが、今はまだだ。ＬＫのような大企業はあらゆるスーパー科学技術を隠し持っているという噂が広まっているが、本当にそうやって時代をひっくり返す技術が隠蔽される可能性は高くない。すべての技術は緻密に編み込まれた知識の網の中でしか存在できないから。

だとしたら、今病院の外にいるのはまだチェ・ガンウだ。ハン・ジョンヒョクの記憶の一部を持ち、グリーンフェアリーの保安技術を突破できるチェ・ガンウ。だが、病院を脱出するアイデアと意志は誰のものだろう。

チェ・ガンウだろう。チェ・ガンウらしく即興的で単純でまっとうな選択だ。

私はフォンでグリーンフェアリーのＡＩが残してくれたデータを検討する。可能な動線が浮かぶ。隠蔽工作が完璧だったのは最初の数十分だけで、ベタベタとした痕跡が時間の流れとともに浮かびだした。隠蔽は予想外に大規模だ。移植ごてで土を数回掬えばすむとなのに、ブルドーザーを引っ張り出したと言えば比喩になるだろうか。その後遺症ですでにビエンチャンの交通網全体ががたついていた。

自分がチェ・ガンウだったら、と考えてみよう。恐怖にすくみ混乱しながらも、都市全体を揺るがすほどの力を持っていたら、どんな交通手段を利用するだろう？　旅客機は絶対にない。より早く、融通が利いて、プライバシーが保てるもの。できるだけ速やかにビエンチャンから離れられるもの。

私はLKビエンチャン支部のあらゆる交通手段を検索する。何も出てこない。だが、可能な動線の一つが、ビエンチャン支部近くの港に着いているのが気になる。

私はグラスカムプと共に病院をでると、ふたたびバイクに乗る。港に到着すると、まだ使用可能な対外業務部のチートキーで会社の専用格納庫に入る。データ上ではあるべきものが一台足りない。役員用の四人乗り飛行艇だ。さいわいにも飛行艇はもう一台ある。

「あの子を捕まえてどうするつもり？」

飛行艇に乗り、ロックを強制解除している私に緑の魔女が尋ねる。

「できるだけ理性を持って行動するように説得しないと」

「なにが理性的な選択なのか、あんたたちにどうしてわかるの？」

返す言葉がない。

ほかの人の罪

私は飛行艇から降りて、第二タモエ港に何もなかったかのように先に停泊していた飛行艇を見る。当然、中は空っぽだ。近くに行くと、飛行艇は驚いた獣のようにギクリと後ずさって自動で離陸する。ラオスではなくパトゥサンの方向だ。パトゥサンの格納庫に入れれば、あちらのロボットたちが判断して管理とチャージをしてくれるだろうし、作業が終われば自動飛行でビエンチャンに戻るだろう。私が知ったことではない。

私はこれといった計画なしにゴンダルクォーターに戻る。チェ・ガンウがここタモエを目指したとは思えない。脳の片隅で会長の一部が本当に目覚めているなら、無個性でつまらない都市ではなく、会長が作った最大のゴミ捨て場であるゴンダルクォーターに行っているだろう。

タモエの行政府はどうにかしてゴンダルクォーターを失くすなり、もう少しましな場所にするなりしようとしたが、失敗した。巨大AIが都市建設と行政に魔法をかけて、はた目には貧困を制圧する時代になった。それぞれ相変わらず効果のない部分もある。どこかには必ずゴミが残る。LKもしばらくここを管理して入植地のように自給自足が可能なロマンのある共同体に作り替えようと試みた。だが、入植者とは異なりここの人たちには目標も意志もない。パラに釣り合う人間はすでにみなパラにいる。

一年にせいぜい一、二度訪問するだけだが、私はここの地理をよく知っている。〈ワーム〉の助けを借りなくても、錆びついたトレーラーが勝手に作り出した迷路を突破できる。何人かの要注意人物がどこに住んでいるかもわかる。今も蝿ほどのサイズのドローンが飛び回り、個々の情報を保安部と対外業務部へ送っている。飛行艇の着陸を隠蔽して、グリーンフェアリーの手術で顔を偽装してはいるが、会社はすぐに私がここにいると気づくだろう。

私は細い通路を歩きながら、チェ・ガンウが行きそうもないところを一つずつ除外する。この作業だけでもゴンダルクォーターの六〇パーセントが除外される。残りの四〇パーセントには保安部が利用するためにあちこちに隠してあるトレーラーがある。計画なしに来たので、考えを整理するために少し足を止める場所が必要だ。保安部のトレーラーでないとしたらどこだろう？　私はフォンを取り出し、空いているトレーラーを検索する。いくらもない。全部で七つだ。

最初のトレーラーはすでに誰かが倉庫として使っている。二つ目のトレーラーはデータドラッグ中毒と思しき、目のくぼんだ子どもたちが五人で占拠していた。三つ目のトレーラーは丘のてっぺんにあった。上り坂はうんざりだが、最短距離で向かうには仕方がない。

三つ重なった口笛が背後から聞こえてきた。どこから湧き出してきたのかわからない一〇代半ばの少年が三人、私の後をついてきて口笛でLKのテーマ曲を吹いている。軌道エレベーターのテーマ、パトゥサンのテーマとLKのテーマだ。三曲を同時に演奏すると、奥深い和音となって響くことに気づいて、面白がっているようだ。少年たちの顔にはかすかな敵意と嫌悪が感じられたが、腹ばかり膨れて痩せた肉体は脅威ではなかった。どうして、ここでそんなふうに暮らしてるんだ。毎日五時間だけ君らの脳と体をLKに貸してくれたら、レイプ犯や強盗がウジャウジャいるこの掃きだめから抜け出して、もっとましな食べ物と薬を提供してもらい、誰にとっても安全な存在として生きることができるだろうに。

私は三つ目のトレーラーに到着する。電気銃を出して脅してやろうかとも思ったが、少年たちは途中で立ち止まって正体不明の茶色の棒切れを嚙みながらこちらを見物している。夕方の風が額の汗を乾かし、私は息を整える。名も知らぬ虫が飛んできて私の顔に貼りつく。半分ほどはLKの生物学者たちが絶滅の危機から復活させたものに違いない。

ドアノブに手をかけるとドアが開く。窓はすべてブラインドで覆われていて暗い。私はフォンのライトをつけて、中に入る。靴底に何かがベタリと付く。血だ。床は一面の血だ。そして血の中心に、出血で白くなった大きな左手が見える。チェ・ガンウのものではない。大きくて、毛深い手。

手はレスラーのような筋肉質の腕につながっている。その腕は肩から斬り落とされている。腕を切り離された胴体の先には、ほとんど斬り落とされそうな長い頭がギリギリでついていた。私は脚先で頭を転がす。大きく見開いた灰色の瞳と、短く切った金髪、額の半分を覆うカルノタウルスのタトゥーが見える。ホコン・ラルセンだ。タマキの右腕。ラルセンをぶつ切りにした凶器は、頭の横に転がっていた。一見すると握力を鍛えるハンドグリップのようだ。しかし持ち上げようとすると重く、二つ目のグリップが出てくる。二つは一本のLKチューブでつながっている。今もパトゥサンの工場で果てしなく生産されている軌道エレベーターのケーブル材料だ。粗雑に見えるが、たいていの人間の体なら溶けかけたバターのように真っ二つにできる道具だ。ストーリーが見えてくる。電気銃で被害者の頭に穴を開けるだけでは満足できないサディストのラルセンが、死体の切断用に持ってきた武器を振り回して、予想外の事態になった。六〇のヌンチャクを自宅に陳列していたヤツだ。いつかはこんなふうに死ぬだろうと思っていた。

チェ・ガンウの死体の一部があるかと思って探すが、見当たらない。死体の代わりに血が付いて破れたスーツのジャケットが見える。チェ・ガンウのものだ。見回すとラルセンのものと思しき破りとられた下着が見える。包帯の代わりに使ったようだ。大けがはしていないだろう。

私はふたたびトレーラーから外に出る。少年たちは相変わらず棒切れを嚙みながら私を見ている。おそらくこの子たちはチェ・ガンウとホコン・ラルセンがこのトレーラーに入っていったのも、チェ・ガンウが一人で出てきたのも見ていただろう。少年たちの目には大した好奇心も感じられない。私たちはそれを呼び覚ますほど面白い存在ではない。

丘から村を見下ろす。少し前にＬＫ保安部が焼け野原にした広場が見える。明るい照明がついていて、人々が集まっている。霊感に打たれたかのように、私は広場に向かって歩き出す。

年を取った女性が演説中だ。どんな意味かは分からない。おそらくブギス語だ。習おうと思ったことはない。〈ワーム〉が会社と連結されていれば、翻訳してくれるだろうが、今の自分には一言も聞き取れない外国語の叫び声を聞きながら私は群衆の中に混じっている。

急に群衆が動く。同時になじみのある声が聞こえる。チェ・ガンウだ。少しするとぐっしょりと血でぬれたシャツを着たチェ・ガンウが演壇に上がる。そしてブギス語で話し出す。〈ワーム〉が翻訳してローマ字で字幕を付けてくれたものを、つっかえながら読んでいる。どんな意味かはわからないが、その後に続く名前はよく知っている。先日、私が記憶から生き返らせた名前たち。殺害された三八人の名前。その後に続く短い文章は、翻訳しなくてもわかる。私が、この人たちを殺しました。私は殺人者です。ヤツは自分が受け継いだ罪を、代わりに洗い流そうとしているのだ。彼の部屋にあったセラミックの聖母像が思い浮かぶ。これがカトリック教徒の考え方なのか？　しかし、自殺行為ではないか？

しばらく呆然としていた群衆は、演壇に押し寄せる。チェ・ガンウの体が演壇から引きずり降ろされる。何が起こっているか見えないが、泣き叫ぶような声が聞こえる。私は電気銃を構えて、声がするほうに向かう。

背後から銃声が聞こえる。群衆はしんと静まる。振り返ると、ここで会うなど想像すらしなかった人の顔が見える。ニア・アッバス市長だ。銃を構えた四人の女が、市長を護衛している。群衆はモーセを前にした紅海のように二つに割れ、血まみれで倒れているチェ・ガンウの姿が目に入る。

市長は群衆に向かってブギス語で語る。内容はわからないが、どんなことでも日常的なたわいないことのように聞こえさせる、市長の話し方は相変わらずだ。怒鳴り声も聞こえるが、市長は肩をすくめてのんびりとした声で答えている。群衆は静かになり、次第に散らばっていく。

チェ・ガンウはふらつきながら起き上がる。汚れた顔は目いっぱい歪んでいる。今の状況は、まったく想像もしなかったアンチクライマックスだ。死を覚悟してきたのに、市長がこのすべてを大したことのない小さなつまらない騒動にしてしまった。

二人の女がチェ・ガンウを立たせる。市長は呆れ顔をしかめて言う。

「何かを始める前に、誰かがその後始末をしなくちゃいけないってことを考えなさい。あなたのほうは、死ねばお終いでしょうけど。過去何年間も、この事件を捜査してきたわたしたちはどうなるかしら？　あなたのせいで殺人者になる、あの群衆はどうなるの？」

「で、でも……」

チェ・ガンウがモゴモゴ言うのを、市長は途中で切り捨てる。

「あなたたちLKの職員は、そろそろ現代を生きる必要がありますね。一九世紀西洋の帝国主義の猿真似だけでは足りなくて、今さらあの人たちの罪の意識まで真似をしようというのですね？　何段階かスキップしてもいいんじゃありませんか？　エレベーターで宇宙に行く今この時代に何がしたいのですか？　未だにわたしたちが昔のイギリス小説に出てくる野蛮人のように見えているんですか？」

「タマキはうまくやりましたよ」

　市長が言う。

「わたしたちも最初は知りませんでした。対外業務部も知らなかったんじゃないですか？　そもそも、こんな事件を完璧に解決できますか？　人間はそんなにやすやすといなくなりません。パトゥサンに親戚も友人もいる数十人が、突然おかしな行動をとっていなくなったのに、怪しく思う人が一人も出ないはずがないでしょう。ただ、陰謀論が多すぎてそのうちの一つとして埋もれてしまったんです。そして、それが説得力のない陰謀論に格下げされたのは、あなたのいる対外業務部の作戦のためですね」

「真相を知らないほうがうまくいきますからね」

　私はぼんやりとした声で答える。

「わたしたちは五年前から捜査をしてきました。二年前にすでにハン会長を脅すに充分な証拠が手元にありました。会長があんなに早く亡くなるなんて。選挙のためにタイミングを見ていて、台無しになりました。しかし、集めた情報はまだ政治的には有効です。幽霊に憑依された新入社員の罪の意識で、吹き飛ばさせるつもりはありません」

「はじめから真相を明かす気はなかったんですか？」

「いつかは明らかにしなくてはいけませんね。しかし、ただ明らかにしてわたしたちに何が残りますか？　ＬＫの数えきれない犯罪の一つが明るみに出るだけです。そのうえ、これが一番大きな犯罪というわけでもありません。ＬＫは今でも毎年、数えきれない人たちの命と財産を奪っています。あまりに日常的なので、誰も気にしていないだけですよ。ただ、今回の事件は、死んだ会長の罪の意識が深いので特別です。わたしたちを何倍も有利にしてくれる梃子なのです」

「それで、今からどうするのですか？」

「ジェインと協力しなくては。ロス・リーは何も考えていないし、ハン・スヒョンは死んだ創業者のダウングレードバージョンです。二人とも脅迫の対象には力不足です」

「キム・ジェインがＬＫを掌握する可能性はありません」

「公式に誰が会社を支配しているかは、まったく重要ではありません。ロス・リーがほとんど仕事に手を付けていない間も、以前のように会社はまわっているじゃないですか。人間たちは徐々にLKの統制権を失いつつあります。ジェインはLKのAI集団に一番密接につながっている人です。わたしの大学時代のルームメートでもあって、これはもうご存じでしょう」

たぶん知っていたと思う。キム・ジェインとニア・アッバスのどちらにも私は関心がなくて、忘れていたが。

自分たちがもう一時間近く滞在している部屋を見回す。ゴンダルクォーターの端にある、増築工事中の警察の地下室だ。パトゥサンの市長がこの部屋を思い通りに使っているのは、タモエの行政府ともつながっているという意味だろうか。それとも市長の手腕がよいだけか。

バスルームのドアが開き、チェ・ガンウが出てくる。市長の部下たちがスーパーで買ってきた服を着ていて、ところどころに痣が残る以外は顔もすっきりしている。ただ、そのすっきりした顔が怒りと羞恥心で歪んでいるだけだ。ヤツはこれまで完璧な結末を考えてきたのだろう。ハン会長の代わりにその罪を被った自分は火炙りで消滅し、タワーは浄化され、キム・ジェインの持つすべてが清らかになる。だが、ニア・アッバスの登場でその計画は粉々になってしまった。アドレナリンの分泌が止まった今となっては、死ぬのも恐ろしく寧越《ヨンウォル》にいる姉にも会いたくて、何をどうすべきかわからない。こんな気持ちを読み解くには、テレパシーも必要ない。

「僕は人を殺しました」

チェ・ガンウが言う。まるで殺人が自分の存在に少しでも重さを加えると期待しているかのように。

「わかっています。でも、その事実は証明できないでしょう。先ほど保安部の職員が二人、犯行現場へ行き、一時間前に火災が発生しました。ドローンが消火弾を落として火は消えましたが、死体のようなものは出てこないでしょう。二五分前にはこんな訃報記事がパトゥサンニュースに上がっていますから。『LKスペース職員のホコン・ラルセン（四三）がパトゥサン海岸沖でミニ飛行機事故により死亡。故人は生前にエクストリームスポーツに関心……死体は発見されていないが……』とかなんとか。残りの死体は今、サメのエサになっているでしょう。そんなふうにでも自然に寄与するなら、いいことよ」

「僕が殺人者だという事実は変わりません」

「正当防衛じゃありませんか。誰かがLKチューブの紐で首を切ろうととびかかってきたら、当然逃げずに戦わなくては。自分の命は他人の命よりも大切ですからね、いつだって。それに死んだラルセンもこのことで何か言うことはないでしょう。ですから、もっと大事な話をしましょう。あなたは誰ですか？　まだチェ・ガンウですか？」

チェ・ガンウはためらいながら、ゆっくりとうなずく。

「死んだハン・ジョンヒョク会長の記憶を持っていますか？」

ふたたび、コクリ。

「では、ハン・ジョンヒョクを殺したのは誰かわかりますか？」

私は呆れてニア・アッバスを見つめる。市長は相変わらず眠そうな顔で、私が送る合図に関心がない。

きまり悪そうに立っているチェ・ガンウは市長の向かいのソファーにドカッと腰を下ろす。固まっていた顔が少しずつほぐれてくる。

「どこまでご存じですか？」

「ハン会長はソマ-T中毒で死んだ可能性がとても高いってこと？　事実だったら、自分の命令でこの、開発中の宇宙飛行士用の新薬の犠牲者になったということね。ハン・ジョンヒョク会長の死体は解剖もせずに火葬されたので、このことは証明できません。しかし、死ぬ前にソマ-Tを過剰摂取した人に見られるいくつかの症状が観察されています。別の可能性もあります。しかし、怪しいですね。会長があと一カ月だけでも生きていたら、今の状況はまったく違っていたでしょうから。ハン・ジョンヒョクは事故に見せかけた殺人事件の真相がこちらに認知されていると知って、わたしたちと話し合う準備をしていました。すでにタワーは完成し、完璧に稼働していました。人類には宇宙へ行く道が開け、あの人にはそれで充分でした。タワーに関するLKスペースの独占が崩されるのは、それほど重要なことではありませんでした。しかしLKにはそれを受け入れない人たちもいたことでしょう。もう一度聞きます。わたしたちの仮説は合っていますか？」

「そ、そうだと思います」

「誰が殺したか知っていますか？」

「わかりません。誰かに殺されるかもしれないという恐怖は常にありました。でも、僕の記憶は依然として不安定です。雑誌のスクラップのようにバラバラに途切れています。死ぬ一〇日前が最後の記憶みたいです。オーストラリア国立オペラ団がここで『イル・トロヴァトーレ』を公演したときが最後です。レナータ・ユンが『炎は燃えて』を歌うとき、会長が全身をふるわせて泣いていたのを覚えています。会長はあなたたちに虐殺事件の真相を知られているのもわかっていました。あの事件への罪の意識を持っていたのも事実です。何をするつもりだったかはわかりません。会長は当時、パニック状態でした。外から見れば華やかで完璧な晩年を過ごしていましたが、ことはこじれる一方でしたから。おそらくあなたたちに会おうとしていました。でも、わかりません。すべては他人の記憶にすぎず、大切な部分が抜け落ちています。まとまっていないのではなく、これが全部です。

たまに自分が会長になったような気がして、会長が言っていた言葉が飛び出すこともありますが、それだけです。それ以上は、僕に引き継ぐ気もなかったのでしょう。そう感じます」

会話が途切れた。チェ・ガンウは言うべきことがなくなり、市長も話を続ける考えがない。私は二人を交互に見ながら、情報を整理した。呆れたことに、ここには新しい情報がほとんどないのだ。ハン会長が毒殺されたという噂などは、死ぬ前日から広まっていた。その毒薬がソマ-Tという噂にもなじみがあった。LKが犯人だという噂も当然出てきた。さらにその一部の噂は信ぴょう性を低めるために、我々が直接作ったものだ。考えてみると、ソマ-Tの噂は、私が作ったように思う。話があまりにできすぎていて、みんなは信じていないようだった。私の心ひとつで、もっともらしい根拠を挙げてチェ・ガンウと市長の主張に反論することもできる。それに、その根拠もすべて事実だ。だが、そんなことをして何になる。真実を問いただす場で、私が口を滑らせるのは意味がない。

「この場で〝わたしたち〟とは誰のことですか？」

ようやく、私が質問する。

「パトゥサン政府です。解放戦線でもなく、ドラミン党の少数派でもありません。わたしたちがそれほどやすやすと主権を放棄して、LKの操り人形として生き残るだろうと思われましたか？　だからといって、今では何の意味もない先住民中心主義にこだわる考えもなく、ＬＫを追い出すつもりも、エレベーターを国有化する考えもありません。わたしたちの目標は正常国家です。島を支配している大企業の暴走から島民を保護できる国です。財閥のトップが、仕事の邪魔だからと数十人を殺しても知らないふりをしなくていい、その男がレイプ犯の一味を殺させてくれたからって感謝しなくてもいい、まっとうな国のことです」

パトゥサンへ帰る

チェ・ガンウと私はタモエとパトゥサンを結ぶシャトル船の甲板の上にいる。しとしと降っていた雨は数分前に止んだが、空はまだ暗い。パトゥサン島の上空、雲の間にゆっくりと消えていく紫の星が見える。火星往復船デザトリス三号の部品を積んだスパイダーだ。完成すれば人類が作った最大の有人宇宙船になる。

パトゥサンの軌道エレベーターが運航を開始して、以前には想像もつかなかったものが宇宙に作られた。宇宙船と宇宙ステーションは想像もしなかったスケールと贅沢を享受している。小惑星採集用の宇宙船の数は、昨年一〇〇〇機を超えた。来年には一五〇〇機を超える超小型宇宙船の群れがケンタウルス座のプロキシマに向けて四五年の旅に出る予定で、五年以内に初のオニール・シリンダー型植民地《コロニー》が工事に入る予定だ。宇宙は人間が過ごしやすい場所に変わりつつあって、そのスピードはめまいがするほどだ。

チェ・ガンウは黒いキャップを目深にかぶって、かすかに光る海を見ている。横顔にはかつての面影が残るが、帽子を脱いだ顔を正面から見れば完全に別人だ。彼の目に映る私の顔も、別人だろう。私は前回の顔とも違い、ビエンチャンの病院を出たときからも変わっている。より若く、ふっくらとリラックスした外観で浅はかに見える。

私たちの〈ワーム〉はすでに連結してある。ヤツが見て聞いたものは、私にも見えるし、聞こえる。私が見るもの、聞くものも同様だ。以前と違い、私たちの〈ワーム〉がパトゥサンのAIとつながっていないため、二人きりで手錠でつながれてガラスの部屋に監禁されているような気分だ。

シャトル船がゆっくりとパトゥサンの港に入る。甲板の上の乗客たちはそろそろとタラップを降り、下では運送ロボットたちが貨物を整理している。ガラスでできている港のビルは雲の隙間から差し込む日差しを受けて黄色く輝いている。

船から降りた私たちは、新市街地へと流れていく労働者の群れに合流する。これらの大部分はLKの正規職員ではなく、パラに本社を置くドプス人力派遣会社の所属だ。二〇〇年近くパラの先住民たちの上に君臨しながら王族のまねごとをしていたドプス家の最後の痕跡だ。書類上は私たちもその一員だ。ユージン・ファンとウィンストン・ファン。書類上では兄弟だ。整形プロテーゼで偽装した新しい顔は、それなりに似ていた。

ファン兄弟はどちらもH2、つまり中級人間労働者だ。LKでは中級人間労働者は作業の途中でトイレに行き、食事も休憩もしなくてはならず、集中力も途切れるが、物理的で複雑な作業をさっさと片付ける、安価なロボットとして扱われている。未だに人間の労働力がロボットよりも安い場所がいくつかあり、H2はその領域をカバーしている。

大部分のH2は内臓、つまり新市街地の窓のないところで働いている。内臓という表現は比喩ではあるが、ぴったりすぎる。二つの核融合発電所、ケーブルとスパイダーを生産する工場、運送通路、海水と下水処理施設といったパトゥサンを存続させる核心的な設備はすべて山の内部にあった。それに比べて、宝石を集めたように輝く新市街地の表面は、ただ美しい上っ面にすぎない。

「中級人間労働者をわざわざ使わなくてもいい日が、いつかは来るだろう」

死ぬ一年前に、パワースーツを着て第二発電所と港を連結する通路のレール作業をするH2たちを見ながらハン・ジョンヒョク会長は言った。

「そのときになれば、人間はあらゆる生産的活動をせずに、一山の欲望の塊になっているだろう。アンドレイ・コストマリョフはあの缶詰のようなコロニーを作って太陽系を百兆の人間で埋め尽くすと言っているが、はたしてそれほど多くの人間をどこに使うのか？　我々の欲望は単調でつまらんものだ。似たりよったりの宇宙猿を百兆匹飼育する動物園を作ることは、我々の最終目標にふさわしいかね？」

会長はＬＫスペースの最大の顧客の前で、あえてそんな話を持ち出して雰囲気を壊すようなことはしなかった。実際に話したとしても関係なかっただろうが。コストマリョフが我々を経由しないでオニール・シリンダー型のコロニーを作る道はまだない。今後、三十年間は新しい軌道エレベーターが建設される可能性はなく、できたとしてもそれは火星の可能性が大きい。

ニア・アッバス市長が私たちに用意してくれた働き口は、二世紀前に枯渇した銅鉱山だ。このみすぼらしいことこの上ない洞窟は、かつて飲み屋やクラブとして使われたこともあるが、八〇年以上放置されていた。今は博物館の倉庫を作るべく作業中だ。私たちは市長が用意してくれた、他人が見れば忙しそうだが実際には特に意味のない雑用をこなして午前中を過ごし、最初のランチタイムの一一時になるとさりげなく鉱山を後にした。シャワーを浴びて普段着に着替えた私たちは、新市街地の群衆の中に溶け込んだ。三二カ国から来た宇宙会社の職員、科学者、観光客、サービス業の従業員。Ｈ２たちとは異なり、都市の表面を構成する人間たちだ。

私たちはオンラインインタビューを受けているチェコのバレエ団員、両手に旅行鞄を持って曲芸のように飛び回るホテルロボット、おそらく生命体が発見される三番目の惑星系になるだろう場所について討論する少女たち、ドローンの旗に従って行進するアメリカ人観光客らの間を縫うように進んで薔薇の広場に入る。山の中腹を削って作った直径二〇〇メートルのこの円形の広場は、新市街地の中では数少ない野外空間だ。

群衆に取り囲まれた広場の中心地には、三人が立っている。ニア・アッバス市長、アンドレイ・コストマリョフ、キム・ジェイン。一一時からアルゴスプロジェクトについて話している。木星と土星の間に二〇〇個の望遠鏡を浮かべる計画だ。市長が熱意のない声で、ほぼ完璧な司会をする間、コストマリョフは熱意にあふれたとてつもないビジョンについて浮かれて話し、キム・ジェインは淡々とこのいかれた男を現実に引き戻す。質問が相次ぐ。二人は半分ずつ質問を受ける。キム・ジェインが無駄のない簡潔で正確な返答をする。それにひきかえコストマリョフはすべての質問が新たな演説を始める口実だと思って、一人で時間を独占しているように見える。ともかく、このプロジェクトが成功した暁には、われわれは人類の歴史上もっとも大きな目をもつことになり、それはほかの惑星系に直接行くのと変わらない成果であり……まあ、そういうことだ。

イベントは一二時四〇分に終わる。コストマリョフは飛行場行のエスカレーターに乗り、市長は市庁舎に帰る。キム・ジェインは随行員の二人とともにＬＫ職員用のエレベーターに入る。私たちはダイダロス宇宙開発社の身分証でＩＤチェックを済ませると、その後ろについて行く。エレベーターは下降を始め、二〇世紀の音楽が流れる。キム・ジェインが乗ったときだけ特別に流れる音楽で、パーシー・フェイス・オーケストラが演奏する『避暑地の出来事』という映画の主題曲だ。これはパトゥサンのAIがキム・ジェインに送るウィンクのようなものだが、ここにどんな意味があるかは知らない。AIのユーモアと人間のユーモアは往々にして一致しない。

キム・ジェインは黒いレヴェントンスーツ姿だ。髪は高い位置でポニーテールに結び、化粧っけのない顔は残忍に見える。完璧に左右対称な顔で、右の頬にあるほくろがより際立つ。視線はエレベーターの壁と天井が接する隅の位置に固定していて、まるでそこにいる見えない幽霊とにらみ合いをしているみたいだ。

私はこっそりチェ・ガンウを盗み見る。ヤツは緊張しきって自分のスニーカーを見つめて震えている。たしかに、ハン会長の記憶ではなく自分自身の目でキム・ジェインを見るのは今日が初めてだ。自分が主人公の小説だったら一章を割いてあらゆる美文を連ねるべき瞬間なのに、ヤツの姿はあまりに滑稽だ。おそらく、魂を抜かれて何も考えられないのだろう。

ドアが開くと、私たちはエレベーターを出てネストへと歩いていく。キム・ジェインは壁に取り付けられている長いスクリーンの方へ歩いていき、私たちは彼女から離れて給水機のほうへ向かう。スクリーンいっぱいに顔が映っている女性は、国際警察連合のステラ

・シワトゥラ局長だ。音声はキム・ジェインにだけ聞こえるが、私たちはすでにその内容を知っている。
蜘蛛の巣《ネスト》と呼ばれるスパイダーの基地は海抜マイナス五〇メートルにある。エレベーターという名称のために、ケーブルについた同一の箱がずっと上下しているものだと考える人がいるが、ケーブルを使って昇っていくスパイダーたちはそれぞれ独立した任務にあわせて機能も形も違っており、その機能は絶えず改善されている。すべてのスパイダーが貨物や乗客運送用というわけではない。今ケーブルにぶら下がっている五台のスパイダーは、ケーブルの補修と増強用だ。乗客と貨物を乗せて宇宙に運ぶバスとトラックの間には、〈ビルダー〉がケーブルをより太くするべく細いLKチューブを引っ張り上げているのが小さく見える。はじめは一筋のか細い蜘蛛の糸のようだったケーブルは二筋に分かれ、長くなり、改良されていく。

ネストの中心を占めるのはエレベーターの基柱だ。スパイダーはここからレールに乗って上昇し、地上部の最上階でケーブルに連結される。ケーブルは海面下二〇〇メートルから始まるが、最上階までは基柱管理チームの担当だ。

今日だけでも三台のスパイダーが基柱を通って軌道へ上がっていった。二台はデザトリス三号の部品を、一台は軌道ステーションに勤務する乗務員たちの食料を積んでいった。

ぺたんこに押しつぶした雫型の新しいスパイダーが引っ張られてきた。水星行きの宇宙船クレメント号に乗り込む宇宙飛行士三人を乗せた有人スパイダーだ。職員たちは飛行士たちがこれから二日間を過ごす宇宙船用のカプセルを運び入れるところだ。最近、ずいぶん改善はされたが、スピードが軌道エレベーターの欠点の一つだ。ほんとうにせっかちな者なら、LKスペースの別サービスであるスカイフックを利用するだろう。

シワトゥラ局長の顔が画面から消える。龍に乗って宇宙に飛んでいく少女が登場するLKの新しいイメージ広告が、スクリーンを埋める。キム・ジェインはスパイダーを点検している職員たちと会話を交わす。私は息を深く吸って、彼らに近づく。

「こんにちは。キム・ジェイン所長。私はダイダロス宇宙開発社のタワハラ・タツヤです。昨日メールをお送りしたのですが」

キム・ジェインがうなずく。私たちはゆっくりとチェ・ガンウが待っているほうへ歩く。私と腕が触れそうになったキム・ジェインは露骨に嫌そうな顔を浮かべる。ほんのわずかな身体接触でも毛嫌いする人間だったことを、今さらながら思い出す。

頭の中があわただしく回転する。私とキム・ジェイン、後ろに立っている随行者たち、スパイダーを点検する職員たち、チェ・ガンウを結ぶ多くの線が、絶え間なく変化する多角形を描く。その多角形が完璧な形になったと確信した瞬間、私は右手で電気銃を抜いてキム・ジェインの頭にむけると左手で彼女の腰をつかむ。

「訓練ではありません。みなさん、レディーの命が惜しければ静かに退場していただけますか?」

ネストは一瞬で静かになった。その間、私は自分の腕の中でキム・ジェインが嫌悪の混ざったうめき声をあげるのを聞いて満足する。

みんなは徐々にそこから離れていく。随行員が一人だけ、ぼんやりと立って私たちを見ている。私は電気銃の銃口をキム・ジェインの首に当てると、引き金の青いボタンを押す。シュッと小さな音がして、麻酔針が発射される。私は電気銃を振り回しながら、一瞬で失神した人質の体を抱えたまま少しずつ後ろに下がる。最後まで残っていた随行員が階段を降りきると、私はあらかじめ作っておいたゴーレムプログラムを起動し、すべての出入口と通信網を遮断する。キム・ジェインは意識を失った。だから、脳内の〈ワーム〉もまた機能を止めた。少なくとも、ほかの者たちにはそう信じてほしい。

キム・ジェインを壁についている赤いソファーに横たえる。手伝おうとするチェ・ガンウを断る。どう考えても、ヤツの手に触れさせないようにするのが人質に対する礼儀だと思う。

今までCMを映していたスクリーンがニュース速報に切り替わる。パトゥサンニュースのAI記者マクシン・ソンウの姿が映る。

「パトゥサンタワーのスパイダー基地で人質事件が起こりました。ダイダロス宇宙開発社のタワハラ・タツヤとチョ・ミンジュンがLK宇宙開発研究所のキム・ジェイン所長を人質にとり、立てこもっています。犯人は要求を明らかにしておらず……

新しいニュースが入ってきました。人質犯はドプス人力派遣会社のH2職員、ユージン・ファンとウィンストン・ファンです。が、この身元もまた偽造されたものと思われます。会社のH2職員の中に彼らを知っている者は一人もいないことが……」

スクリーンが突然暗くなる。その瞬間、私は背後に誰かの存在を感じる。会長の〈幽霊〉かと思ったが、違う。はるかにきっぱりと存在する何か。私は後ろを振り返る。キム・ジェインの〈生霊〉が微笑みながら私を見ている。

私はその後ろのソファーに横たわっているキム・ジェインと、目の前に立っている〈生霊〉を交互に見つめる。チェ・ガンウの視覚情報をチェックしてみると、自分だけが幻を見ているのではない。キム・ジェインの頭脳は今どんな構造なのか、知りたくなる。

「ロス・リーに一体何をしたの？」

〈生霊〉が言う。

〝思いがけない犯人〟

ロス・リーの唯一の価値は存在感がないことだと、ハン会長は言っていた。自分の立場を特に主張することもなく、怪しい連中とつるむこともなく、カリスマもビジョンもない。長所がないのと同様、欠点もない。清潔で無害で隠しごとがない。若くてハンサムな男性にふりまわされるきらいはあるが。今回の一件が始まったころまでは甥ほどの若さの二番目の夫に離婚されてグズグズ言っていたが、この欠点も会社のほかの人間に比べれば大したことはなかった。

「結局ロス・リーをこの席に据えるんだろう。私が死んだ瞬間からしばらくの間は、会社が慣性で進むことをみんなが望むだろうから。それも悪くない」

ハン会長は無関心な顔で言っていた。

ロス・リー会長の下でLKは予想通りに進んで行った。LKスペースがとてつもない成果を上げていて、そのほかに韓国のグループ企業ではあちこちでダイナミックなことがおきていたが、ロス・リーはこれらのどこにも干渉していない。見ようによっては死んだハン・ジョンヒョク会長はロス・リーよりも生き生きとLKの上に君臨していた。

だから、グリーンフェアリーの専門家たちによってネベル・オショネシの脳からロス・リーの痕跡が発見されたときの私のショックを想像してみてほしい。ただ、裏切られたというのではない。そのことは関係ない。私はロス・リーが何も考えていない空っぽな男ではなかったということ自体に憤慨した。私は彼のつまらなさを愛していたのかもしれない。

「ロス・リーを容疑者に当てはめれば、すべてが理にかなう」

スマク・グラスカムプの淡々とした声が、フォンの向こうから聞こえる。

「ハン・ジョンヒョク会長はハン・スヒョンと保安部が自分を邪魔立てするだろうと心配していたし、それに対するガードを固めていた。その疑いのガードを抜けて会長を毒殺できたのは誰？　ハン会長は三〇年来の友人が自分を殺すだなんて、はたして予想していたかしら？」

「しかし、動機は？　野心も欲もない人間だぞ。今、会長の席には座らされているだけで」

「超能力者でもあるまいし、そんなことわかるわけないでしょ。でも証拠がある。オショネシの脳に、LKロボティクスに、保安部に。〝思いがけない犯人〟だから誰も関心を持っていないだけ」

「ロス・リーは保安部を掌握できていない。私たち対外業務部は保安部で何が起こっているか一番わかっていないって言っただろう？　だが、私にはレクス・タマキのことはわかる。ロス・リーなんかの指示を受けて、こんなことをする人間じゃない。軽蔑していることを隠しもしない。理由があって服従したとしても、はるかに賢くやっただろう」

「そうね。手際が悪い。それでわたしたちは痕跡を見つけることができた。ロス・リーも、ハン・スヒョンも保安部全体を掌握することはできなかった。でも、保安部にはロス・リーの言うことを聞くエンジニアたちがいる。あの人たちが保安部の仕事にまぎれて、あの事件も別に処理してたの。現場要員を動員して使うことはできないから、チェ・ガンウを排除するためにあれほど複雑にからまった作業をするしかなかったわけだし。当時、チェ・ガンウを消すために動員できたのはオショネシだけだったんでしょ」

「ビエンチャンで私たちを攻撃したのは？」

「保安部じゃないね。ハン・スヒョンが外注したほかの会社でしょ。あの男はあんたを嫌ってるから。自分の手を血で汚さずにあんたを殺す言い訳ができたのに、そんなチャンスを逃すと思う？」

　私は、グラスカムプに差し出された証拠が、ロス・リーをわかりやすいスケープゴートにすることで私たちをおかしな方向に誘導しようともくろむ、ハン・スヒョン一味によるオトリであるという仮説を立ててこれを証明しようとした。だが、失敗した。この手際の悪さは捏造ではない。それに手際の悪さには常に個性が隠れている。それはロス・リーの仕業だった。

普段は何の考えもない操り人形が、突然雷に打たれたように殺人を犯していた。だが、どうして？　今ＬＫの会長の座に就いているといっても大した権力が生まれるわけでもなく、ほかにしたいことがあるわけでもないのに。なぜ？　私はロス・リーがハン・ジョンヒョク会長を恨んでいた理由を考えてみたが無駄だった。ロス・リーは誰か一人にあれほど大きなネガティブな感情を抱ける人間ではなかった。

「そんなに知りたいなら、直接聞いてみたら？　二日あげる」

「二日後には？」

「うちの職員をあんなに雑に使い捨てた人間をそのままにしておくはずがないでしょ。こちらはこちらで計画がある」

グラスカムプは本当に、グリーンフェアリーの職員を五人私につけてくれた。そしてちょうど二三時間後に私とチェ・ガンウはロス・リーと向かい合っている。ミレニアム・ヒルトン・テヘランの一二階。ＬＫが後援する現代舞踊団の初めての公演が終わって一時間後だった。

そしてパトゥサンのネストでキム・ジェインの〈生霊〉と対面したのは、それから三十七時間後のことだ。

〈生霊〉は鳥肌がたつほど本物そっくりだ。私の〈ワーム〉が作り出したデジタル幻影ではないとわかっていなかったら、本物だと思ったかもしれない。完璧な重量感、完璧なシャドー効果、完璧な足音。

いや、本物そっくりではなく、本物だ。今、キム・ジェインの精神と感情を体現しているのは、ソファーに横たわる肉体ではなく、目の前の幻だ。そして、その幻は私が知っているキム・ジェインよりもはるかに人間らしく見える。もうスーツは着ていなくて、似たような色のぶかぶかの普段着で、靴の代わりに紫色の寝室用のスリッパをはいている。丸い額には産毛が垂れていた。重心を左足に預けて両手をズボンのポケットに入れたまま、いたずらっ子のような笑顔を浮かべるその姿は、困ってしまうほど目新しくて魅力的だ。

しばらくの間、私は言葉が出なかった。今日の人質騒動は私とキム・ジェインとの共作シナリオによる芝居だったが、そのシナリオを書いている間も私たちは互いに手のうちを見せなかった。精巧なシナリオに基づいた第一幕が終わると、それぞれが準備した台本を基にした即興劇が待っている。これは第一幕のように機械的に始めるのではない。そして、私はキム・ジェインのこの見たことのない姿に備えていなかった。

ようやくエンジンのかかった私は、つかえながら話しだす。チェ・ガンウに会ったこと、殺人の企《くわだ》て、会長の記憶を蘇らせたこと、ロス・リーに会いにホテルの部屋に押しかけたことまで。自分の話が出るたびにチェ・ガンウは顔を赤らめ、床を見つめる。

「ロス・リーは驚きませんでしたよ」

私はキム・ジェインの〈生霊〉に言う。

「逆に私たちを待っていたかのようでしたね。あそこまで行くのに苦労もしたのですが。警護を呼ぶようなこともありませんでした。しかし、結局いつかその瞬間が来るのだとわかっていたようです。あの日でなければ別の日、私たちでなければ別の誰か。会長は自分の犯した罪を深刻に考えていました。良心が咎めて、そのままにできなかったのです。自分の罪と向きあう、その瞬間が必ず来るべきだった。そうでなければ論理に合わない。ロス・リーはハン・ジョンヒョクに劣らず美学的な論理にこだわった。だから若いころ、あれほど優れたエンジニアだったのでしょう。だから二人はあれほど気が合ったのでしょう。

しかし、この理屈には穴があります。『なぜ？』。私はロス・リーに満足のいく答えを持っていてほしかった。放っておいてもうすぐ死んだはずの三〇年来の友人を殺したのに、その理由が『数カ月でも早くＬＫのトップになりたかった』だったらがっかりじゃありませんか？

　さいわい、答えは違いました。ロス・リーには立派な動機がありました。それも、私が知っているロス・リーにぴったりな動機が。

　はじめ、私はこれがLKの支配から抜けだそうとするパトゥサン政府の計画と関係があるのではないかと考えました。しかし、ロス・リーはこれについて、何も知りませんでした。知っていてはならなかったのです。LKの明るい面だけ代表する人間でいるために。ハン・ジョンヒョク会長はLKの暗黒面をすべて背負う運命だと考えていたようですが、今考えてみれば正直、不幸な偶然でした。

　しかし、ロス・リーは別のことを知っていました。ハン・ジョンヒョク会長が自分の死んだ後のことを準備していたと。それはただ自分の記憶と目標をAIに預けるというレベルではありませんでした。そこまでは日常的にすでに公然と行われていました。ただ、ハン会長はそれを越えて、自分の精神とAIを結合して神になろうとしていました。

　はじめは何の冗談かと思いました。私はこの方面の専門家ではありませんが、人間の意識をそのまま移植するのはまだ不可能だということくらいは知っています。この事件が起きてからあらためて調査してみましたが、その間に状況が変わったわけでもありませんでした。しかし、このすべてはどこに目標を定め、どのように定義をするかの問題なのです。

見ようによっては、ＬＫは人間たちに放置されており、死んだ会長の意志どおりに動いているとも言えるではありませんか。しかし、生きている人たちはいつだってこの状態を阻止することができます。これに立ち向かうなら、生きて新しい情報を吸収して成長しながら、それに合わせて積極的な意志で行動する存在が必要です。それだけでも実現できるなら、意識の連続性などそれほど重要ではありません。連続性よりも重要なのは能力ですよ。ハン会長は自分に似ているだけでなく、自分を超越した機械装置の神を作ろうとしました。

神になるのはそれほど恐ろしいことでしょうか？　そうではないでしょう。人類は初めて石斧を作り、火をおこすことで自らを超越しようとしたのですから。石斧を持った者は、道具のない者からすれば神です。ハン会長がしようとしたのは、近くで見ればいつもしていた作業のただの延長でした。だが長い目で見れば貧弱でみすぼらしい肉体を克服しようという人類の発生以来の願いでもあったのです。

問題は会長が神になろうとしたということではありません。その過程で死んでからもＬＫを支配しようとしたことですよ。ただ天上に神として残るならだれも何も言わないでしょう。しかし、死んだ者が生きている者たちの世の中に干渉するのなら、事情は変わってきます。

ハン会長が介入しなくても、会社へのＡＩの影響力は次第に大きくなりつつあります。私たちがどれだけ努力してそれを止めようとしても、ＬＫのような大企業は結局一つのＡ

Iの人格体に統合されるでしょう。一〇〇年後には結局、国家も同じことになるかもしれません。その中の人間はどれだけ自由意志に従って権利を行使しようとしても、結局巨大AIの付属品になってその中に吸収されていくでしょう。これは私たちがどれだけあがいても、逃れられない未来です。ただ、これに備えて適応する時間が必要なだけです。問題はそこではないのです。LKのAI集団がハン会長のビジョンに従って動いているのは皆が知っている事実です。今はそれが会社にとって最善ですよ。しかし、数十年間あらゆる偏見を抱えて生きてきた特定の世代の偏った人間が、巨大AIの成長に神のように介入するとしたら？　死んだ者のビジョンと設計は、せいぜいこれまでの慣性で動くだけです。しかし、意識と意志を持った幽霊は事情がちがいます。ロでは学んで発展して成長すると言いますが、年寄りの精神が果たしてそうできるでしょうか？　それに、あの老いぼれた幽霊が今、この時代の人類のもっとも重要な会社を掌握しようとしたら？　ロス・リーはこれを食い止めなくては、と考えました。だから会長を毒殺して、脳内の〈ワーム〉と会長がアップロードしようとしていたすべてのデータを破壊しました。しかし、それだけでは安心できませんでした。まだLKの広大なネットワークのどこかにハン会長の〈幽霊〉が隠れている可能性がありました。会社はできるだけ放置して、どこかにあるはずのその痕跡を探さねばなりませんでした。私は今までロス・リーの無能さと怠惰をバカにしていましたが、わかってみれば無能ではなかったし、必死に怠惰を装っていました。

そのとき、この男、チェ・ガンウが登場したのです。ロス・リーはハン・ジョンヒョク会長があなたにどんな感情を持っていたのか知っている、ほぼ唯一の人間でした。チェ・ガンウとアントン・チェの見た目が似ていることに気づいた、数少ないうちの一人でもあります。そのうえで保安部のエンジニアたちを通してグリーンフェアリー職員にバイオボットを移植したのは、ロス・リー自身だったのです。この事件を起こしたLKロボティクスのエンジニアは、ハン会長が亡くなる前に、すでにロス・リーに雇われていました。たいした偶然でもありません。技術と人材の幅が狭いので、どうしようもないのです。ともかく、チェ・ガンウの正体を見抜くのは時間の問題でした。

しかし、これで全部でしょうか？　記憶の一部をハンサムな若い男に移植して、あなたをものにすることが、最終目標だったでしょうか？　死んだ友人の計画がそれほどつまらないものだったのか？　それともチェ・ガンウは死んだ友人が偶然残していった脱け殻だったのか？　確かめるには、チェ・ガンウを合格させて会社に呼び入れるほかありませんでした。

バイオボットでグリーンフェアリーの職員をゾンビにしたこと自体は理にかなっていま

す。保安部で動員できるのはエンジニアだけでしたから、自分の好きなように操縦できる現場要員たちが必要だったでしょう。普通の人だったらそのまま外注したでしょうが、無理をしてでも自分の持っている技術を活用したいという、狂った動機は理解できます。最近の無難な姿ばかり見ていて知りませんでしたが、ロス・リーは往年のマッド・サイエンティストでしたから。シロナガスクジラの二倍にもなる人工の生命体を作って、LKチューブを作る工場の部品にした人間ではありませんか。あのときほど冷酷な人ではありませんでしたが、人類のためという巨大な目標に陥って、次第に命の値踏みを始めたのです。ロス・リーはだんだん無理を重ねました。対外業務部が介入し、オショネシの存在が明るみに出て、予想外のことがしょっちゅう起こって。チェ・ガンウの〈ワーム〉を抽出しようとしてオショネシが死んだとき、ロス・リーはパニック状態でした。事件は大きくなり、保安部のタマキがその痕跡に気づきました。タマキを通して情報を入手したハン・スヒョンも勘づきはじめました。死んだ友人の陰謀に違いないその社員を、できるだけ迅速に片付けなくてはなりませんでした。しかし、保安部の現場専門家たちとは違ってロス・リーはすっきりとした方法を見つけられませんでした。クリスティーの古典ミステリに登場する異常な殺人犯たちのように、ぐるぐるこじれた陰謀に付き合うほかなかったのです。それが、あの人には最短距離でしたから。

『私の友人のジョンヒョクは、一度も死んでいませんよ』

ロス・リーが言っていました。

『少なくとも私にとっては。私がどれだけ彼を殺して痕跡を失くそうとしても、ジョンヒョクの一部は常に会社のどこかに生きていました。彼を殺そうとすることで、むしろ私の内面でハン・ジョンヒョクが蘇るようでした。今や、私は自分がどれだけロス・リーなのか、わかりません』

『探すのを諦めたのですか？』

『そうではありません。反対にこうなると彼の計画が見えてくるのです。ジョンヒョクが自分を抹殺しようとする私のような人間に対して備えていたなら、何をしただろうか？私みたいな人たちを追い出してから、会社のAIに移植しておいた自分の精神の入ったデータをどこに隠しただろうか？　少し考えればすぐに答えは出るじゃありませんか』

そう言って、ロス・リーは天を指さしました。

『軌道エレベーターのステーションですか？』

と聞くと、首を振るのです。

『いや、ステーションは慌ただしい。もっと上。カウンターウェイトですよ』と」

目覚めるべき人

「ロス・リーを殺したのはグリーンフェアリーですか？」

〈生霊〉が尋ねる。

「いや、なんでそんな真似をするんですか？　生かしておいて利用するのが、会社の利益なのに。ニュースの通りです。ロス・リーは致死量のソマ‐Tを自分の体に注射して自殺しました。それも罪の意識からではありません。途中で犠牲者が出たことは申し訳なく思っても、あくまで人類のために正しい行動をしていると信じていました。ロス・リーが死んだのは別の理由です。失恋ですよ。三日前に、二番目の夫にやり直そうと縋り付いてひどく拒絶されたんです。戦争に負けたからではなく、恋のために死んだのです。ロス・リーにとっては人類の運命よりも、恋と自尊心の方が大事でした。あなたのような人には、最後まで理解できないでしょうが」

最後の文章を口にしてすぐに後悔した。だが、その瞬間、私は自分がなぜキム・ジェインのことをそれほど嫌っているのか悟った。この態度だ。私たちのささやかな欲望と感情を正面から無視して軽蔑するような、あのなんだかエイリアンのような感じ。完璧な礼儀と親切の皮を被っていても、気分の悪い態度は正体不明の化学物質の臭いのように漏れ出して伝わってくる。

今は、わからない。今目の前に立っている〈生霊〉は、さっき言われた言葉にショックを受けているようでもない。だが、これまで知っていたキム・ジェインとは異なり、理解しようとこちらを見上げて軽くうなずいている。

その言葉にショックを受けていたのはむしろチェ・ガンウのほうだ。後ろに棒っ杭のように立っているヤツの顔が、スイッチを押したようにふたたび赤くなった。

「失礼しました。言葉がすぎました」

急に申し訳なくなり、私はギクシャクと謝罪をする。

「かまいません」

〈生霊〉は微笑を浮かべて答える。

〈生霊〉は自分の体が横たわっているソファーに腰を掛ける。もちろん立っていて疲れたからではなく、話の流れに応じて姿勢を変えたかっただけのようだ。座ってもソファーがへこむようなこともなく、赤いソファーは今、石か金属で作られているように見える。

〝見て、ギルドンおじさん。星のかけらよ〟

チェ・ガンウから聞いた台詞が思い浮かぶ。キム・ジェインの言葉だとは信じられない、限りなく感傷的で野暮ったい言葉。その言葉は、今目の前にいる〈生霊〉に似合うだろうか？　キム・ジェインは私がいない場で、会長の前でこんな野暮ったさを見せていたのだろうか？

「亡くなった会長を〝ギルドンおじさん〟と呼んだことがありますか？」

私は尋ねる。

キム・ジェインは首を振る。

「本物の記憶ではないのですか？」

「本物の記憶でしょう。ただ、その記憶の中の人はわたしではありません」

意味を把握しきれない曖昧な表情が、キム・ジェインの口元に浮かぶ。

「わたしに関するその人の記憶の半分は、いえ、半分以上は虚構です。わたしとの間の実際の関係ではとうてい満足できませんでしたから。その虚しさを埋めるにはフィクションを動員するしかなかったのでしょう。その中には数えきれないわたしがいました。もっとかわいくて愛らしいバージョン、もっと感情的で残忍なバージョン、もっとセクシーで誘惑するバージョン、中にはわたしよりももっとわたしらしいバージョンもいました。

これ自体はおかしなことではありません。誰だって他人に対する妄想を抱えて生きているでしょう？　今どきはそんな妄想をもっともらしく現実化することもできるし。わたしに関するファンフィクションの妄想がインターネット上にどんなに多いか、本人が知らないとでも思いますか？　ただ、あの人が持つ技術は、しがないファンフィクション作家たちを凌駕していました。あの素晴らしい技術を、わたしへの妄想を巡らすのに使っていました。

ハン・ジョンヒョク会長はわたしを押し倒すことも、愛情を強要することもありませんでした。いつだって親切なおじさんとしての距離を維持しました。あれほど多くの妄想が頭の中にあったのですから、そんな必要もなかったのでしょう。わたしがそれを知ったのは、割と最近です。パトゥサンのAIをそそのかして見つけ出したんですよ。

チェ・ガンウさんに注入されたのは、精錬された記憶だったのでしょう。会長の実際の記憶から、いいところだけを選んで編集した記憶。でも、会長は本当のわたしを記憶するのに失敗したようですね。〝ギルドンおじさん〟の偽の記憶がそんなに大事だったのかしら？」

「理想化したバージョンの自分があなたと結ばれるのを願っていたのですね」

キム・ジェインは眉間にしわを寄せる。

「いいえ、それはなかったと思います。あの人は、理想化された小さな肖像画を一つ残したんです。彼の視点から見たわたしの姿の中から、一番美しいかたちで感情と欲望を整えて、わたしが生き続けるようにしただけです。それだけです。わたしと結ばれるなど想像もしていなかったでしょう」

キム・ジェインは立ち上がる。石像のように固まった姿勢で自分を見つめていたチェ・ガンウのほうに体をむけると、ふたたび両手をポケットに突っ込んでまるでダンスでもするかのように軽く歩みよる。チェ・ガンウは小さな子どものように天真爛漫な表情のキム・ジェインをにらみつけたが、急に顔を赤らめて視線を落とす。

「わたしの言葉が間違っていないって、わかっているんでしょう、チェ・ガンウさん?」

ヤツはのろのろとうなずく。まるで始めてもいない戦争に負けたと認めるように。

これは私の計画にそぐわない。すべての変数を計算していたわけではなく、予想外のことが起きるだろうとは考えていたが、それでもこれはない。キム・ジェインがこれほどやすやすとヤツを掌握するなんて想像もしなかった。実際の姿を見れば、ヤツのロマンチックなファンタジーにひびが入るかもしれないが、この先もある程度彼をコントロールできるだろうと思っていた。

〈生霊〉の話と私の予想に大きな違いはない。しかし、私が知っていると思っていたあのロボットのような女はどこへ行ったのか。あの態度と表情と動作と声は、どこから出てきたのか。今まで私に見せていた冷たい顔は、LKという戦場で自らを保護するために身に着けた鎧だったのか？　私の計画を壊しつつある、この見たこともない非言語的なオーラはどこから出てきたのか。

怒りを抑えられなくなった私は、二人の間に割って入る。

「では、何ですか？　私たちが今まで体験してきたことは何だったんですか？　なぜこんな芝居までしてここであなたに会わねばならなかったのですか？」

キム・ジェインは後ろに下がって、私とチェ・ガンウの両方の顔が見える正三角形の頂点の位置に立つ。それはボスの位置、君主の位置だ。この小柄な女の〈幽霊〉は私たちよりずっと小さいが、ボスの持つ自然な威厳で私たちを支配しつつある。相変わらず目と口元に残る小さな子どものような潔癖な微笑は、何のさまたげにもならなかった。

「お二人にはすべきことがありますから。チェ・ガンウさんの頭脳に入っているのは、肖像画でもあるけど、鍵でもあります。ジョンヒョクおじさんは自分の精神の入ったデータをジグソーパズルのように少しずつ切り刻んで、あらゆるガラクタの中に隠してカウンターウェイトに打ち上げました。その精神を、早く組み立てて目覚めさせなくては。ロス・リーが気づいたならスヒョン兄さんが気づくのも時間の問題ですから」

「ハン・スヒョンが先に気づいたら、何か変わるんですか？」

「そうなれば、彼はカウンターウェイトにあるハン・ジョンヒョク会長の精神を破壊して、自分の言いなりになるカカシを立てることでLKを独占しようとするでしょう。ロスおじさんもいなくなって、しばらくは邪魔をする人もいません。そして、この状況でハン・スヒョンはLKを率いる最悪の人間です。

ロスおじさんは、ハン・ジョンヒョク会長の精神と会社のAIとの結合をまるでアポカリプスの始まりであるかのように捉えて反応しました。でも、違います。LKのAI集団が、いえ、わたしたちにその程度の備えもないと思われますか？ ハン会長の精神と意志が結合したからといって、すぐに死んだ人の独裁が始まるなんてことは起こりません。それは自分がファンタジー小説の主人公になったと錯覚しているバカを無力化して、人類が宇宙へ進出する革命的な時期に必ず必要な糧となるはずなのです」

「ニア・アッバス市長はどうして計画を支援したのですか？」

「ハン・スヒョンにとって、最も重要なのはLKです。軌道エレベーターはたぶん四番目くらいでしょう。でも、ハン会長にとってLKの優先順位はそれほど高くありませんでした。きちんと作動して維持できるなら、軌道エレベーターがLKではないほかの誰かの手に渡っても関係ないのです。パトゥサン政府にしたらはるかに有利な交渉相手です」

「しかし、急すぎませんか？　死んだ会長があれほど苦労をして自分の精神を空の上に送ったのなら、おそらく防御装置もある。その防御装置がなんであれ、それはハン・スヒョンよりは賢いはずです。おそらく、チェ・ガンウが唯一の鍵でもないでしょう。彼が死んだら、その役割を果たす似たような見た目の誰かがここに訪ねてきて、あなたをこんなふうに子犬のような目で見つめることになる」

「そうでしょうね。でも、わざわざそれを待って確認しなくてもいいでしょう？」

下で支えるべき任務

目の前で本物の物理的実体のふりをして立っている小柄な女の映像は、はたして本物のキム・ジェインなのか、数秒間、私は疑う。疑って当然だ。本物のキム・ジェインが気を失っている状態で、正体不明のAIやほかの誰かがキム・ジェインの真似をしている可能性も充分ある。このメロドラマのような芝居自体が、本物のキム・ジェインの妨害を遮るための誰かの陰謀かもしれない。こんな仮説を思いついてしまうと、私は反論できない。

だが、どちらでも変わりはない。私たちにとって出口は一つきりだ。チェ・ガンウはカウンターウェイトに上らねばならない。ヤツが上るべき本当の最上階はそこだ。それが事件の唯一の論理的な結末だ。その結末のためなら、今のキム・ジェインが本物か偽物かは重要ではない。

パトゥサン軌道エレベーターのカウンターウェイトについて深く考えたことはない。なくてはならない重要な部分だ。カウンターウェイトが遠心力によって引っ張ってくれるので、その張力で軌道エレベーターの構造が維持されている。地上と宇宙の二手に分かれたケーブルがどちらも少しずつ太くなっていく間に、拿捕されて炭鉱として使われていた小惑星の残骸だったカウンターウェイトはデコボコに成長していった。静止軌道ステーションから出るあらゆるゴミがその成長に一役買った。今のカウンターウェイトは、地上のゴミと軌道上で集めたスペースデブリと捨てられたケーブルが混じった廃墟だ。安定した人工重力があるので、いつかはそこにも宇宙ステーションができるだろうが、まだ先のことだ。とにかく遠すぎるし、地球の人と物を重力の井戸から脱出させるのはすでに静止軌道のステーションが行っている。今、カウンターウェイトはもっぱらロボットだけの領域だ。地上の妨害なしにゴミと隕石を片付けては積み上げ括り付ける機械たちの世界。物を隠すには悪くない場所だ。軌道エレベーターに乗って上っていけば当然記録に残り、目につく。スカイフックやロケットで宇宙船を打ち上げるか、ゴミ収集の宇宙船に偽装して近づくことはできるだろうが、カウンターウェイトに入るのは難しい。とりあえず入れたとしても、探し物がどこに散らばっているかわからなくては、迷路の中で飢え死にするかバッテリーが切れたまま放置されるだろう。そうなったらロボットたちがその死体なり残骸なりでカウンターウェイトにさらに重さを加えるだろう。目標とする探し物がどこにあって、どうしたら作動するか知っている者だけが、この宝さがしに成功できる。何よりも、そのすべての行程には童話のような美しさがある。私の知るハン・ジョンヒョク会長が好むであろう美しさが。

チェ・ガンウは宇宙服を着ているところだ。導尿カテーテルを差し込み、宇宙服の人工神経につながったパッドを取り付ける。実習以来初めて着るにしては、手つきがこなれている。これも軌道エレベーター旅行を五回も経験した死んだ会長のおかげだろうか？　これまで私はチェ・ガンウの心の中を、開いた本のようにたやすく読めると思っていたが、今はよくわからない。ハン会長の目覚めた記憶はヤツをどれだけ変えただろう？　その頭の中で目覚めたのは、はたして会長の記憶だけだろうか？

キム・ジェインがOKサインを出すと、チェ・ガンウはスパイダーの中に立っているカプセルに入る。彼の重みを感知したスパイダーは、ゆっくりとカプセルを横にしてあとの二つの空っぽのカプセルを含む装置を動かし、重心を整える。私はキム・ジェインの指示に従って、スパイダーを密閉する。

ネストの出入り口が開く。筋肉質でショートカットの女が折り畳みの車いすを押して入ってくる。一二分前にキム・ジェインに言われた通りに私が呼んだナースだ。LKに入ったばかりで、まだ脳に何の移殖物も入っていない者だ。私は銃を振って、その人をソファーのほうへ進ませる。ナースはキム・ジェインの体を簡単に診察してから車いすに座らせる。二人は職員用の宿舎に入り、私は外から鍵をかける。振り返ると、キム・ジェインの〈生霊〉は前よりも少し緊張が解けた表情だ。一連の事件は彼女自身の計画ながら、〈生霊〉は無防備な自分の体を私たちに見られることに気まずさを感じていたようだ。だが、歳を取った同性愛者の私と時代遅れの円卓の騎士のようなチェ・ガンウよりも、あの女性の方が安全だといえる理由があるか？　私が知ったことではないが。

モニターから見るスパイダー内部のカプセルは、鉄の処女《アイアンメイデン》のようだ。カプセル内カメラが映すヤツの顔は恐怖に怯えきっている。その顔が急に弛緩し、ぼんやりとする。キム・ジェインが遠隔操作でソマ-Tを注射したのだ。彼の時間感覚は次第にゆっくりとなる。これから三日間カプセルの中に閉じ込められるので、そうするほかない。どうでもいい。今の私に必要なのはチェ・ガンウではなく、チェ・ガンウの〈ワーム〉で、その〈ワーム〉は持ち主の脳とは別に正常な時間速度に従っている。このような状況では、使えるすべての資産を活用しなくては。

カバーが閉じるとスパイダーは自動でエレベーターの基柱に入っていく。先端が二本のレールに連結する。基柱のドアが閉まり、スパイダーが上昇する音が聞こえる。

その瞬間、私の頭の中の〈ワーム〉がパッと開く。キム・ジェインがパトゥサンの情報を送り込んでくる。パトゥサンの新市街地と軌道エレベーターの構造が、目の前に展開される。チェ・ガンウを乗せたスパイダーがレール上をのろのろと昇っていくのが見える。最上階の人工知能がスパイダーをケーブルにつなぐ準備をしているのも見える。野次馬と記者たち、警察、LKの職員たちの動きが見える。保安部のドローンたちがスパイダーの周囲に群がるのが見える。地下カフェテリアの故障したカプチーノマシンが見える。警察署のトイレの便器が水を流すのが見える。この騒ぎの間にいなくなった迷子の顔が見える。監視カメラに映った蝶の群れが見える。あまりに多くの情報が押し寄せて、自分の脳が溶けないことが不思議なほどだ。だがLKの〈ワーム〉はそれほどやわな作りではない。これらのすべては印象にすぎない。

私は新市街地に常駐している保安部の全職員を青のドットで表示する。その中にアレクサンダー・ムトゥンジ・タマキを見つけ出し、青で丸くポイントをつける。少し前までタモエにいたタマキは今、ハミングバードでパトゥサン山の周辺を旋回している。彼らの通信内容は読み取れない。しかし、青いドットの動きを見るだけでも保安部の意図を察することができる。青いドットの動きは攻撃的だ。ヤツらはすでに事態を把握して目標もはっきりしている。スパイダーがケーブルに連結される前に阻止すること。

私は職員用エレベーターに飛び乗る。キム・ジェインは乗らない。ネストの中に残ることにしたのかもしれない。関係ない。私とチェ・ガンウを操るためには生霊の幻が必要だった。私たちはすでに操られている。

私は今、チェ・ガンウが乗ったスパイダーとほぼ同じスピードで上昇している。エレベーターの中から、私は見えない数十の腕を伸ばしてパトゥサンのシステム内に入る。保安部のドローンがスパイダーに接近できるすべてのアプローチを遮断する。しかし、これだけでは足りない。青いドットがレールに向かって群がってきて、エレベーターシステム内部に蜘蛛の巣のように張り巡らされた保安部のセキュリティシステムが動き始めている。

爆撃音が聞こえる。保安部のドローンが三〇台、壁を破って垂直トンネルに飛び込んでくる。この中の一台でもレールを壊せば、スパイダーは通路の途中で動けなくなる。だが、キム・ジェインは迅速だ。ドローンのうち一一台の暗号を解いて、統制権を私に与える。これで私には残りの一九台のドローンの動きを阻止する武器ができた。だが無計画に撃墜するわけにはいかない。間違えてレールを傷つける可能性がある。私はドローン三台を利用して、上昇するドローンを下からナノミサイルで撃墜し、五台はミサイルなしに体当たりをさせる。機能を失ったドローンは一台ずつ落下する。私は落下するドローン本体からバグを放つ。四〇台の蝿サイズのミニドローンが飛び立って、敵のドローンの本体に食い込んでいく。母体のドローンが機能を失って墜落しているので、ミニドローンはチェ・ガンウの〈ワーム〉を使って直接操縦しなくてはいけない。バグサイズに作用する流体力学は一般のドローンとは異なる。だが、〈ワーム〉の矯正教育を受けた私はそれにもすぐに慣れる。保安部の最後の一台を撃墜したとき、私にはまだ二台のドローンが残っていた。

派手な音とともにレールのかけらがスパイダーに降りかかり、跳ね飛んでいく。三・二キロメートルの地点で飛び出してきた保安部の要員が、ミニミサイルを発射して一方のレールを吹き飛ばした。私はドローンを飛ばして二発目のミサイルを発射しようとしている相手の頭を吹き飛ばす。死体と頭蓋骨の破片がスパイダーをかすめて落下する。レールを確認する。レールには一メートルほど空間ができて切断された上下の部位が曲がっているが、その部分をユニットから落下させることで解決できる。一本のレールだけに頼るのはなんとか四メートルほどで済む。

頭の中でアラームが鳴る。最上階に取りつけてある五基のレールガンのうち一基が動いている。もともとこれは軌道エレベーター施設とケーブルの防衛用だ。構造上、ケーブルやスパイダーを攻撃できない。少なくとも、私が知っている限りでは。だが、そのレールガンは今、周囲のコンクリートの台を破壊しながら異常な角度で本体をねじっている。誰も知らなかったレールガンの隠れた機能が、保安部のシステムによって目覚めつつある。

私は保安部のシステムから伸びるラインがどこにつながっているか確かめる。青いポイント、レクス・タマキだ。

ヤツは一体何を計画しているのだろう？　レールガンでスパイダーを吹き飛ばすことは充分に想像がつく。だが、それはタマキがLKに入ってからずっと追い求めてきた政治的な繊細さからは程遠い。チェ・ガンウが死ねば、ハン・スヒョンは喜ぶだろう。しかし、レールガンの隠れた機能まで利用してスパイダーを撃墜すれば、ハン・スヒョンも保安部も面倒なことになる。ハン・スヒョンは当然LK内部の競争者《ライバル》たちから攻撃されるだろうし、タマキの立場も危うくなる。反対に考えれば、タマキにはそこまでしてハン・スヒョンの肩を持つ必要もない。忠誠を誓ったこともなく、保安部はいつだって別の派閥に乗り換えられる。チェ・ガンウがハン会長を目覚めさせたとして、タマキの天下が崩れ落ちることはない。一体なぜ、こんなことを、アレクサンダー？　私が知らない何かがあるのか？

私は今までつぶっていた眼を開く。エレベーターは三・六七キロメートル、つまり最上階より二〇メートル下にいる。私は拳銃を取りだして安全装置を外す。ドアが開くと私は最上階に向かって飛び出す。銃声が聞こえ、鋭い痛みが左腕をひっかいていく。私はキム・ジェインが送ってくれる映像情報を受け取りながら、ジャンプして二発撃つ。悲鳴が聞こえて標的が見えなくなるが、倒れる音は聞こえない。死体は自由落下している。私は死体が生きているときに携帯していたミニミサイル発射機を拾い上げる。この機械を一体どうやって操作するかわからない。しかし、キム・ジェインは私の無知を許さない。一瞬で私の〈ワーム〉に情報が飛んでくる。タマキのハミングバードは見えないが、関係ない。私は全能の神のようにパトゥサンを見下ろすキム・ジェインの目で標的を見つけ、ミサイルを発射する。ハミングバードは爆破され、かつて私が熱望していた男の体は金属のかけらと共にズタズタにちぎれ飛ぶ。

ねじれていたレールガンが後ろに首を下ろす。キム・ジェインが介入したのだ。なじみのあるハープシコードの音楽が聞こえる。チェ・ガンウを乗せたスパイダーがケーブルに連結され、上昇していく。

平衡錘《カウンターウェイト》

スパイダーが上昇しはじめたときから低く響いていた耳障りな音は、少しずつ高まり映画『避暑地の出来事』のテーマ曲になった。タタタタタタ、タタタタタタ、タタタタタタ、タタタタタタ……曲は六度リピートし、三度目からチェ・ガンウは気がおかしくなりそうだった。

外からは、チェ・ガンウは宇宙服を着て六〇時間黙って横になっていたように見える。だが、チェ・ガンウはその間目覚めていた。ただ、時間感覚が変わっているだけだ。現実世界での六〇時間はチェ・ガンウにとって一五分にすぎない。外部の世界があまりに速く動くので、指先をピクリと動かすこともできなかった。引き延ばされた精神では、現実世界の速度に合わせて運動神経を発揮できない。

キム・ジェインの〈ワーム〉に連結されたチェ・ガンウの脳は、その間パトゥサン軌道エレベーターで起きたすべての出来事をとてつもないスピードで受け止めては忘れていった。私が命を懸けてスパイダーを防御していたのは、ヤツにとって一秒にも満たない短い時間だった。

人間の動きに集中できなかったチェ・ガンウは外部の世界に目を向けた。宇宙は人間たちよりもゆっくりと動いた。カプセル越しに見えるスクリーンにはスパイダーの外部カメラが撮影した天空が映っていた。天空は一瞬で暗くなり、ゆっくりと円を描く星で満ちた。天空が二度回転する間、火星と木星はそれよりも遅く移動した。『避暑地の出来事』の曲が四度目のリピートをしたときに静止軌道ステーションを通過して、六度目のリピートが終わったときにスクリーンが消えた。

その時チェ・ガンウは地上を見下ろしてうつ伏せになっていた。カプセルは角度を変えなかったが、静止軌道に上がるまで体を引っ張っていた重力は徐々に弱まり、ステーションを通過すると遠心力が地球の反対方向に体を引っ張りはじめた。

カプセルが直立し、スパイダーの蓋が開いた。チェ・ガンウはドアを開けて外に出ようとしたが、体が言うことをきかなかった。喉に鋭い痛みを感じた。宇宙服から新たに注入された薬物が血管と脳に残るソマ-Tの薬効を無効化している。七度目のリピートを始めた『避暑地の出来事』は間もなく聞き取りづらい低周波になり、結局消えていった。

チェ・ガンウはカプセルのドアを開けて、スパイダーから抜け出した。六〇時間以上その中にいたが、宇宙服が水分と栄養分を絶え間なく供給してくれたので、体に大きな異常はなかった。ただ筋肉と運動神経が元通りになるには少し時間が必要だった。チェ・ガンウはスパイダーの周囲を歩きながら、地球より軽いが安定したカウンターウェイトの人工重力に少しずつ慣れた。

私は〈ワーム〉の画面を開き、三次元地図を広げる。チェ・ガンウとスパイダーは宇宙から集めた金属デブリをまとめて積み上げた巨大なピラミッドの中にいた。規則性なしにつなげたような金属の骨格の中に、宇宙船と人工衛星の残骸が穴だらけのケーブルにくくられて閉じ込められていた。宇宙服を着た人間が一人ギリギリ通れるほどの迷路が四方につながっていたが、人間の居住民に対して親切に配慮されているようには見えなかった。ここはピラミッドを建設するロボットのための作業用通路だ。

サソリに似た小さなトラック型のロボットがスパイダーに近づいてくる。ロボットはギクリと飛びのいた男を無視して、スパイダーのスクリーン横にあるダッシュボードに二本のパイプを差し込んだ。スパイダーの内部が解析できないリズムで点滅した。

チェ・ガンウはゆっくりと歩いた。相変わらず、自分がどこにいるのか、どこに向かっているのかわからなかったが、関係ない。上を見上げる。その先に地球がある。しかし、実際の目に映るのはゴミの山でできた金属の天井ところどころにある通路だけだ。

人気《ひとけ》を感じる。真空状態で聞こえるはずもない足音と、服のこすれる音がする。キム・ジェインの〈生霊〉だ。〈生霊〉は綱渡りでもしているように両手を広げてバランスを取りながら、隣を歩いていた。歩くリズムに合わせてポニーテールが軽く揺れる。

これからどこへ行けばいいですか？

何もしないで待ちましょう。システムが勝手にやってくれますから。要求されたことに応えればいいです。

チェ・ガンウは歩きながら待った。感じられるのは宇宙服の中のどんよりとした空気とカテーテルの痛みだけだ。情けない。

突然、古い映画の中に登場する電球のような黄色い光が周囲を照らす。本物の光ではない。目に見える現実に、システムの中間現実が重なったものだ。二人は今、田舎臭い壁紙が貼られた巨大な部屋の中にいた。ベビーパウダーと粉ミルクの臭いがして、窓越しにロシア語の歌が聞こえる。部屋の真ん中に太い紐で吊り下げられた大きな飛行機のおもちゃが浮かんでいる。宇宙服の手袋をつけた手で触れると、その飛行機は素早く紐を解いて飛んでいく。

次の瞬間、チェ・ガンウは成層圏を飛ぶ飛行機の一等席に座っている。もう宇宙服は着ていない。体に合わない安物のスーツ姿だ。隣には中年の男が座ってウトウト居眠りをしている。ハン・ブギョム会長だ。チェ・ガンウは座席の前にあるモニターを外すとミラー機能を立ち上げる。二〇代前半と思しきハン・ジョンヒョクの顔が浮かぶ。みすぼらしく貧弱に見える。脱毛がうまくいかなかったのか、あごにはまだらにひげが残り、スーツの袖にはサンドイッチのマスタードがついている。

その瞬間、すべてが加速した。見えること、聞こえることのすべてが爆発的に増加する。一瞬でハン・ジョンヒョクの人生を構成する数えきれないピースがチェ・ガンウの脳内に整列する。大部分はハン・サヒョンの本を読んだりドラマを見たりした人ならよく知っている内容だ。ただ、すべてのピースはハン・ジョンヒョクの一人称で、チェ・ガンウはハン・ジョンヒョクの立場からすべての事件を見た。ハン・ジョンヒョクはハン・ブギョムに連れられてソウルへ行く。ハン・ブギョムの息子たちからいじめられる。ただ一人、ハン・サヒョンだけが気軽に相手をしてくれる。兄たちより少しだけ親切に、そうでなくては兄たちが腹を立て縁起でもないことをしでかすと知っていたからだ。ハン・ジョンヒョクはハン・サヒョンを頼りにしはじめ、その中でこの世界の人間について少しずつ学び始める。ハン・サヒョンが書いた本をゲラゲラ笑いながら読み、葬式で爆弾事件が起きると二日間目が腫れるほど泣いた。死んだハン・ブギョム会長のガイドラインに従って、ＬＫのトップになった。そんなある日、キム・ジェインが小さくて生意気な顔をしてハン一族に入ってくる。

はじめはその曇りのなさが、ただかわいらしかった。しかし、一三歳の子どもにはそれ以上の何かがあった。遺伝子のつながりがないことはわかっていたが、それでも態度や言葉遣いなどがハン・サヒョンに似ている。成長するにつれ彼女はハン・サヒョンもキム・レナも持っていなかった彼女だけの雰囲気を醸し出す。少女は星について、精神の発展について話す。ハン・ジョンヒョクは極度の罪の意識を感じながらも、この血のつながりのない姪を愛してしまう。いかなる希望も持てない恋で、ハン・ジョンヒョクの脳内に閉じ込められた感情と欲望はその中であらゆる矛盾した方向に暴走する。すでにキム・ジェインはハン・ジョンヒョクにとって、価値のあるすべての象徴だ。娘であり、師匠であり、弟子であり、ミューズであり、昔の白黒映画に登場する女神だ。今やハン・ジョンヒョクの宇宙はキム・ジェインのものだ。それまで宇宙や軌道エレベーターなどには何の関心もなかった。しかし、今やそれらがハン会長のすべてだ。彼女がそんなにも宇宙を愛しているから。世の中と世の人から離れてまで、宇宙へ行きたがっているから。会長は〝その少女〟と宇宙の間を遮るすべてを除去しなくてはならない。軌道エレベーターがあるべき場所にくすぶって座り込み、泥を掘り返している乞食どもも例外ではない。どうせ彼らの汚い漁船と売春宿は、自分が積み上げた美しいタワーには似合わない。

その瞬間、アドゥナン・アフマドの巨大な顔がお化け屋敷の人形のように闇から飛び出してきて、ハン会長の世界は崩壊する。

チェ・ガンウとキム・ジェインは今、パトゥサンの崩壊したトンネルの中に立っている。所どころに岩の下敷きになった死体が転がっていて、ほこりと煙で満ちている。実際の事故現場というより映画のセットかゲームの中のようだ。当然、本物ではない。実際の事故現場には、二人が並んで歩けるほど広い空間はなかった。これは巧妙に演出された人為的な悪夢だ。

彼らの前には、病院の患者服に緑のカーディガンを羽織ったハン・ジョンヒョク会長が白く光り体をかがませて立っている。その顔は苦痛に歪んでいる。自分が作り出した地獄の中であがいて、暴露された男の顔だ。

チェ・ガンウは横を盗み見る。キム・ジェインの〈生霊〉は古代の裁判官の彫刻のように冷たい表情で会長をにらんでいる。人を惑わす天真爛漫な微笑をたたえて、現実主義と妥協の価値を論破していた以前のキム・ジェインは消えてなくなった。いや、裁判官の顔ではない。あの強さのもとは正義感ではない。潔癖症と機械的なバランス感覚だ。

突然、すべてが理解できた。キム・ジェインはハン・ジョンヒョクの精神を生かすためにここまで来たのではなかった。殺しに、消すために来たのだ。ハン・ジョンヒョクが、レイプと殺人で軌道エレベーターを汚した三人の弁護士を許せなかったように、キム・ジェインもハン・ジョンヒョクの大量虐殺を許せなかった。軌道エレベーターは美しく清潔でなくてはならず、ハン・ジョンヒョクというシミは消えてなくなるべきだった。文明を宇宙へ伝播する通路を統制する精神は、窮屈な人間性から解放されなくてはならない。キム・ジェインが数日前にネストで口にしたそれらの言い訳は、すべてハン・ジョンヒョク会長の〈幽霊〉のための芝居だった。ハン会長は自分のもっとも賢明な良い部分だけを選んで新しい精神を構成したのだ。しかしその再構成した精神が実際よりもどれだけ立派で美しく、清潔だったとしても、地上で起きた犯罪と欲望から自由ではいられない。キム・ジェインはすました顔で〈幽霊〉を解放するふりをしてカウンターウェイトに入り、これまで地上で集めたハン・ジョンヒョクのすべての罪を暴露したのだ。不都合な記憶をどこまで忘れていても、〈幽霊〉もまたハン・ジョンヒョクなのでその罪の記憶は磁石のようについてまわるほかはない。

ハン・ジョンヒョクの〈幽霊〉は二人を交互に見つめた。そのしかめた顔は奇怪に美しく、少し感動的だった。だが、キム・ジェインは反応しない。この美しさと精神性もまたヴェルディのオペラのアリアのように、精巧に演出されたものだと知らぬはずがない。カウンターウェイトのデジタル幽霊にとって、自然に生まれる表情は存在せず、こんなことで騙すにはキム・ジェインは死んだ男について知りすぎていた。ジェインや。おまえが俺を殺しに来たのはわかっている。それでもまた会えてうれしいものだな。

会長が言う。その顔にはものさびしくも限りなく甘美な微笑が浮かぶ。ハン・ジョンヒョクにあんな笑顔ができるなど、この世の誰に想像がつくだろう。本当のところ、演出だからこそ可能な表情だった。

ハン会長は左手を上げた。その手にはシールがベタベタ貼られた巨大なおもちゃの光線銃が握られていた。数分前に二人が通ってきた子ども時代のどこかに置いてあっただろうおもちゃだ。会長は別れの挨拶でもするように、光線銃を旗のように一度揺らして銃口を口に咥えると引き金を引いた。

その瞬間、ハン会長は爆発した。老人の〈幽霊〉を構成していたすべての思考と記憶はバラバラに砕けた。バラバラになった残骸は蝶の群れのように真空の中を飛んで溶けていった。

おおむねもっともらしい嘘

「ウィンストン・ファンの本名はディモン・チュです。LKスペース対外業務部の職員ですが、在宅勤務者なので私も直接会ったことはありません」

私はスクリーン越しに疑わし気な目でにらみつけてくるステラ・シワトゥラ局長に言う。その表情はたかだか大企業の使いっ走りにすぎない私のような人間に対する習慣的な軽蔑を反映しているのか、それとも別の何かを隠しているのか気になる。一五年前に私が別の顔と身分を持っていたときに会ったことをこの人はまだ覚えているか、知りたいところだが、今はそんなことに気を使う余裕がない。

「このような社員は一人や二人ではありません。責任をもって仕事さえきちんとできれば、その人がどこにいようと関係ありませんから」

私はしらを切って話を続ける。

「ユージン・ファンを名乗っていた共犯の正体はまだ不明です。警察が調査していますが、どうも専門家に身元のロンダリングをしてもらっているようです。

ハン・ジョンヒョク会長は生前、会社を通さずにデイモン・チュを個人秘書として雇っていたようです。具体的にどのような仕事を任せていたのかわかりませんが、この人物は会長の所有と思われるかなりの量の芸術品と家具をバンダルスリブガワンのH&Hレンタル倉庫のコンテナに保管していました。多くが盗品だとわかり、一部はすでに本来の持ち主に返却しました。LKでは他の物品もあるべき場所に戻せるようにインドネシア警察と協力しています。

今のところ状況を総じてみれば、デイモン・チュは亡くなったハン会長が、価値のある物品あるいは情報を軌道エレベーターのカウンターウェイトに隠しており、自分にはその場所がわかると考えたようです。どこからこの情報を手に入れたのか、それが事実なのかは確認していません。しかし人質事件の前に引き出された一五万国際クレジットの現金は、情報の対価として支払われた可能性が高いです。

デイモン・チュがカウンターウェイトで何を見つけたかは未確認です。しかし、確かなのはカウンターウェイトに到着して一時間もたたずに非常用宇宙船で脱出したということです。宇宙船はインド洋に着水し、会社が回収しました。乗組員はすでに脱出した後でした。カウンターウェイトのロボットたちが送ってきた情報を通して、上でどんなことが起きたのか確認しようとしていますが、結果には懐疑的です。あそこには人間犯罪に備えた設備がありません。

ユージン・ファンの名前を使っていた共犯者は、ディモン・チュがカウンターウェイトに到着してすぐに二番目のスパイダーで脱出しました。スパイダーは四二キロメートル上空で一度ゲートを開け閉めしています。犯人は一人用飛行体で脱出したものと推測されます。スパイダーは警察に引き渡し、現在調査中です」

特に嘘はない。ユージン・ファンの身元は専門家、つまり私によってロンダリングされた。スパイダーは本当に四二キロ上空で一度ゲートを開き、カウンターウェイトに捨てられていた故障中の飛行ロボットを落下させた。ロボットは太平洋上空一〇メートルの高さまでなんとか飛んできたが一二のかけらに砕けて海に消えた。非常用宇宙船を利用してチェ・ガンウを救出するトリックは少し面倒だった。なんといっても宇宙警察が注目していたからだ。だが、スマク・グラスカムプはあらゆる状況で使える魔法の道具を持っていた。

「人質事件の初期に起きた騒動についてはまだ調査中です。とりあえず問題となったレールガンは死亡した保安部のアレクサンダー・タマキ部長が作動させようとしたものと推測されます。当時ディモン・チュが乗ったスパイダーを阻止しようとした人たちは、すべて別名ウルフパックと呼ばれるタマキ部長の直属の部下たちで、どんなことがあってもスパイダーの上昇を阻止せよという命令を受けていたそうです。その状況で、あのような過剰攻撃を行った理由についてはまだ捜査中です。インターネットに出回る陰謀論はあまり信じませんようお願いいたします。われわれがまだ解明できていないと言えば、本当に不明なのです」

それらの陰謀論のほとんどは、私たちが作ったものだ。その中には私が公式に採用してほしいと願っている話もいくつか混ざっている。最終的にどれが正解になるのかはまだ決定していない。私としてはタマキと彼のチームにベストな結末を与えてやりたい。彼らの名誉に深刻な傷がつかず、われわれも不審に思われないそんな結末を。

シワトゥラ局長のしつこい質問が続く。一見平凡だが、私がうっかり引っ掛かりかねない細かい落とし穴が隠されている、そんな質問が。そして、その落とし穴が現れるたびに、私の〈ワーム〉に接続してあるキム・ジェインの〈ワーム〉が信号を送る。一番ハラハラした部分は、今回の人質事件とネベル・オショネシの関連についてだ。私は何も知らないと突き放した。質問のすべてに答えを持っていたら、怪しく見えるだけだ。

ようやく最後の質問にたどりついた私は、目の前に一行ずつ現れる字幕をロボットのようにきちんと読みあげる。

「人質となっていたキム・ジェイン所長は無事です。人質事件の初期からナースのパラ・

ワルダニ氏とともに監禁されており、その後は人質犯との接触はありません。これについてはパラ・ワルダニ氏本人の証言をご参考ください。現在までの情報を総じてみたとき、キム所長に危害を加えることが目的でなかったのは明らかです。デイモン・チュがカウンターウェイトに到達するまでの時間稼ぎの計略以上でも以下でもなかったでしょう。その間ユージン・ファンは、自分がネストにいるように見せかけるためにトリックを使いましたが、それはスパイダーの中からいくらでも操作ができます。スパイダーには、明らかに二名が乗っていました。

ほかにご質問は?」

われらも地上に残るであろう

「思い出せないそうだ」

「何を?」

「キム・ジェインの顔を」

「それはどういうこと?」

スマク・グラスカムプは顔をしかめる。

「言葉通りだよ。キム・ジェインの顔を思い出せないそうだ。これまでのことはすべて覚えているが、キム・ジェインの顔だけ忘れてしまったと。写真を見せてやったが、わからないそうだ。初めて見る顔で、何の感情も湧かないと。こんなふうに脳が壊れることがあるか? ハン会長の〈幽霊〉が死ぬときに、脳の一部がいきなり爆発したみたいだと言っていたが」

「キム・ジェインの顔だけ忘れることに、何か意味がありそうなの?」

「あの人は、自分が誰かに好かれるのを嫌がるから。愛情を遮ることはできないが、愛されるのを面倒に思うことはあるだろう」

スマク・グラスカムプと私は、水浸しになった旧市街地横の海辺を歩いている。すでに日が暮れてだいぶたち、夜の空気はひんやりしている。この二日間、私たちはユージン・ファンの死体を作るのに忙しかった。死体が出てきたからといって事件が解決したと信じる人はいないだろうが、それでもインドネシア警察のメンツを立ててる準備をしてやらなくては。デイモン・チュは失踪扱いで片付けるつもりだ。私はいつだって消えたハイジャック犯D・B・クーパーのストーリーが好きだった。中身が何か誰も知らない物を強奪するために宇宙の反対側まで飛んで行って消えた男。これはD・B・クーパーのストーリーよりもいかしている。私が作ったストーリーではないのが、残念だ。このストーリーは状況の中で自然と作られた。

それに劣らずユージン・ファンのストーリーも格好いい。だが、私が密室を脱出したトリックの正解はつまらないものだ。警察が入ってきたとき、私は内臓につながっている多くの通路の一つから抜け出した。キム・ジェインの命令を受けたパトゥサンのAIが、脱出に気づかないふりをしてくれたおかげで、透明人間のように抜け出せた。人質事件が起きている間、私のアバターはもっともらしく対応していて、足りない部分はミリアム・アンドレッタがカバーしてくれて、ほとんどの人は私の不在に気付いていない。気づいた者がいたとしても、彼らの主張などたわごとに聞こえるようにするのが、私たちの仕事だ。

「キム・ジェインがどうして人を面倒くさがるのか、少しわかる気がするよ」

私は続ける。

「カウンターウェイトで、チェ・ガンウは数秒間キム・ジェインの心の中に入ったそうだ。キム・ジェインは想像以上に軌道エレベーターのAIと密接につながっていて、その中で変化していたそうだ。〈ワーム〉にテレパシー機能がついているかのように、ヤツがキム・ジェインの心に入れたのもそのせいだった。すでにキム・ジェインの精神のかなりの部分がAIの領域に広がっていたってわけだ。

そのときチェ・ガンウが感じたのは愉悦だ。上手に調律された美しく巨大で複雑な機械の一部になったときに感じられる激烈な快楽だよ。あまりにも激烈で荘厳で、人間の感覚と感情など取るに足らないものに感じるのだと。そして、それは馴染みある快楽だったそうだ。かすかにだが、ハン会長の記憶にも少し残っていたそうだよ。ヤツがカウンターウェイトで見たのは、意外と痴情劇の結末だったかもしれんな」

「軌道エレベーターをめぐる三角関係？」

「人間には完全に理解できない関係だが、表面的にはストーリーが完結しているように見えるから、私たちはそこから先に行けないのかもしれないな。ともかく、そのレベルまで自分の地平を広げた人間なら、人間の欲望と感情など面倒になるのが当然じゃないか。私は死んでもそのレベルに行きたいと思わないが」

「それで、彼はどうするって？」

「キム・ジェインを愛することはやめないそうだ。それは止められるものではないと。しかし、ストーリーはここでお終いだ。キム・ジェインにはチェ・ガンウと結ばれる考えは塵ほどもないからな。チェ・ガンウもそんな期待はしていない。ただ、遠くから静かに根気強く愛するんだ。顔も忘れてしまった女性を。それから、彼はアリッサ社へ移る予定だ。キム・ジェインがコストマリョフへ推薦状を書いてくれたよ。ヤツにとってはLKよりアリッサが合っているだろうな。姉さんの病気が完治すれば、デザトリス三号に乗って火星に行くだろう」

話が途切れる。私たちは言葉もなく、シャトル船とグリーンフェアリーのウィングシップが待っている港に向かって歩く。タマキの死と共に保安部は分裂状態になったので、グラスカムプはこの隙を狙う計画だ。どのみちグリーンフェアリーにとっては八年前までやっていた仕事なので、今から再開できないはずがない。この計画が実現するなら、保安部にとって代わるグリーンフェアリーの下部組織は、対外業務部のもとに編入される。会社を離れる私には、どうせ関係ないが、私の後を引き継ぐミリアムは喜ぶだろう。部長になった後で、私が関わった事件にあまり関心を持たないよう願うばかりだ。

ハン・スヒョンはロス・リーが残した空席を狙って工作中だ。ある程度の犠牲を覚悟するなら、財閥禁止法を避けて直接LKのトップに立つのも不可能ではないだろうが、そこまでの考えがあるとも思えず、おそらく従順なカカシを探すだろう。

しかし、今、それにどんな意味があるだろう。LKはすでに人間たちの政治から抜け出しつつある。間もなくここの人間たちも、自分たちが会社のAIの操り人形なのだと気づくことだろう。人間の自由意志というものは、それほど取るに足らないものだ。

タマキについては、よくわからない。私たちは往々にして、薄っぺらだと思っていた人間に思いがけない深みを見て、戸惑うものだ。タマキもそんなケースではなかっただろうか？　ハン会長の死後ロス・リーとハン・スヒョンの間を行き来しながら、カウンターウェイトのどこかに人類の運命を左右するラヴクラフト的な怪物がいると、それが目覚めることは絶対に阻止しなくてはならないと信じていたのかもしれない。俗っぽい人間であっても自己犠牲は可能だ。彼らは自分が生きている世の中を変えることを望まない。自分たちが当然視する日常的で陳腐な欲望と快楽が永遠に続くことを望む。それが、彼らが追求する不滅なのだろう。私にはヤツを笑う資格があるだろうか？　私がタマキの選択を妨げたことで、近づいてくる終末のためのドアを開けた可能性もある。キム・ジェインがカウンターウェイトで行ったことは、いかようにも解釈できる。ハン会長の〈幽霊〉を殺したという言葉は、カウンターウェイトにあるハン会長の〈幽霊〉に取りつかれた何らかの存在を解放したということかもしれない。その仮説があっているとしよう。その解放された野獣は今、地球をどんな目で見上げているだろう?

ファティマ・ベラスコの音楽が聞こえる。発光する黄色の星が雲を抜けてゆっくりと空に上っていく。人質事件でしばらく中断されていたエレベーターの運航が再開された。私たちはぼんやりと立ち止まって星が雲の中に消えていくまで眺め、また歩きだす。君らは天へ行きたまえ、われらは地上に用があるから。

エピローグ

トラピスト－1e、地球から三九・六光年のかなた

フロとビーは作動しなかった。生きて動けるのはルーだけだ。姉妹たちを生き返らせようとするのをいったん諦めて、ルーは壊れたハッチをこじ開けた。外れたハッチは外を吹く激しい風に吹き飛ばされ、一五メートル離れた薄い氷に覆われた泥地に刺さった。

ルーはLKのロゴが記された二連結の箱を引っ張ってきて、泥地に半ば埋まった着陸船を抜け出した。三〇分の孤軍奮闘の末にロボットは着陸船が墜落した泥地から、なんとか抜け出した。

ルーは赤い絶壁の下に箱を置くと、振り返って後ろを見回した。割れた氷同士がぶつかりカチカチと音を立てる海と、その上に少し頭を出したオレンジ色の惑星。赤黒い雲の塊は早回し映画の一場面のようにすさまじいスピードで動き、その間に呆れるほど大きく見

える隣の惑星が姿を現しては消えた。

ルーは比較的風が強くない地点をみつけてカメラを設置すると、自分の写真を撮った。カメラは金属の鎧を着た六本足の丸いロボットの姿を転送する。その姿はまるで凍りついたクラゲみたいだ。もっとうまくできたはずだ。しかし、この惑星の爆風の中で完璧な着陸を期待するのは無理だった。それに墜落の経験は標準暦で三年後に到着する姉妹たちに有益な情報になるだろう。

ルーは箱を引っ張って絶壁の横にある丘を上っていった。三〇メートル上ると大陸の反対側が視野に入る。赤い岩でできた丘と渓谷が見えた。ルーは二つの箱を引っ張って、この道なき荒野を通過しなくてはならない。目的地である二度目の着陸地は三一〇キロメートル離れたところにあった。それまで箱の下についているホイールが耐えてくれるか自信がなかった。怖かった。

さざ波のようなハープシコードの音楽が聞こえてきた。ルーは音がする方向にある目を開いた。ぼんやりとした紫色のパジャマを着て同色のウサギのスリッパをはいた女性がズボンのポケットに両手を入れて立ち、ロボットを眺めていた。ポニーテールと額にかかる髪がトラピスト-1eの強風に揺れた。

「フロとビーはまだ死んでいないわ」

〈幽霊〉が言った。

「でも、今はどうにもならない。生き返らせるには二番目の着陸船から部品を持って戻らないと」

ルーが答えた。

ルーは〈幽霊〉に誰なのか聞かなかった。ロボットたちの世界では、挨拶や名前を交換することにはあまり意味がない。重要な質問は別にある。この世界のすべてのものには存在理由がある。それがパジャマを着た人間の姿をした〈幽霊〉だとしても。

「あなたはここで何ができる？」

ルーが尋ねた。

幽霊は風で額に落ちてくる毛を後ろにかきあげながら体を一度震わせると、無関心な声で答えた。

「あなたと一緒に歩いてあげる」

訳者あとがき

本作は韓国SF界のトップランナー、デュナ（듀나, DJUNA）の初の邦訳単行本である。原作の『평형추』は二〇二一年の韓国SFアワード長篇部門で優秀作に選ばれた。二〇二三年にはアントン・ホーの翻訳によりアメリカで英語版が刊行され、ニューヨークタイムズ他で絶賛されている。

著者のデュナは、性別生年出身地など個人情報は一切公開していない。さまざまな説があり男性だとも女性だとも言われているようだが、最近は女性説が有力だ。また仕事量の多さからデュナはひとりではなく複数ではないかという説もある。覆面作家だからといって、人と交流しないわけではなく、二〇一九年から二〇二一年まで韓国SF作家連帯（https://sfwuk.org）の第二期会長を務めている。ウサギをアイコンとしており、授賞式などの公の場にはデュナベルと呼ばれるウサギのぬいぐるみが登場する。一九九〇年代の初めからパソコン通信サービスの科学小説同好会に短篇を発表し、当時の作品のいくつかは一九九四年のアンソロジーに収録された。二〇二四年の夏には活動三〇年記念フォーラムが開かれ、「韓国のSFはデュナ以前とデュナ以後に分けられる」との発言も出た。フォーラム会場にはぬいぐるみが参加し、デュナ本人はテレグラムを通して質疑に応答している。

二〇一〇年代の半ばまで、俳優やモデルのファンページのほか掲示板なども運営していた。作家連帯のHPでは「パソコン通信時代のアマチュアリズムと今のジャンル小説の架け橋の役割を果たしたことに意味がある」と評されており、発表の場をオフラインに移してからもSF小説、エッセイ、映画評論家として多くの文章を発表している。デビュー以来、三〇〇〇を超える映画レビューと並行して、SF小説の単行本も刊行しているほか、アンソロジーへの参加も数えきれない。これまで日本語に翻訳された作品としては『小説版 韓国・フェミニズム・日本』（二〇二〇、河出書房新社）とその文庫化『あなたのことが知りたくて』（二〇二二、河出書房新社）に「追憶虫」が、『最後のライオニ 韓国パンデミックSF小説集』（二〇二一、河出書房新社）に「死んだ鯨から来た人々」が、どちらも斎藤真理子訳で収録されている。

デュナの作品の中には映像化されたものもいくつかあるが、今作と同名の短篇「カウンターウェイト」（二〇一〇年発表）は「軌道エレベーターの映画を作るとき製作費を節約するにはどうしたらよいか」という質問に対する答えとして書いたものだったという。しかし、今作『カウンターウェイト』は南の島から宇宙へと伸びていく作品世界のスケールが大きく、これを映像化するとしたら製作費の節約は難しそうだ。

デュナの作品の特徴の一つとして、参考物《リファレンス》の豊かさをあげることができる。今作でも実在した科学者たちの名前と共に『北北西へ進路を取れ』や『避暑地の出来事』の主題曲など映画への言及もある。話し手である「私」ことマックは古い映画に造詣が深い人物のようだ。過去を捨て、仮の名前で韓国の企業に雇われて生きている老いた男性同性愛者の視点で物語は進む。マックは韓国出身のどこか怪しい新入社員チェ・ガンウと共に、宇宙エレベーターと、エレベーターケーブルの最上部に、重さのバランスなどを取るために設置されたカウンターウェイトに隠された謎を解くことになる。

アーサー・C・クラークの『楽園の泉』（ハヤカワ文庫SF）を筆頭に、軌道エレベーターは実にSF的な主題だ。今作はそこに、財閥の跡目争いや親を死なせた企業への復讐、親族間の道ならぬ恋と愛憎など、実に韓国らしいというか韓国ドラマのようなテーマがちりばめてある。それを実際に作中で「韓国ドラマにありそう」と登場人物に言わせるメタな構造も持っている。また、死んだ会長の死んでも消えない罪の告白によって、巨大資本を持つ国際企業と進出先の島の住人たちとの間の不均衡な構造を描いてみせる。ここでも現地の行政官からメタな批判が投げかけられている。不均衡な構造の中でレジスタンスたちが声を上げ、別の暴力が起こり、板挟みになって悩む人物も描かれる。さらに物語を貫いているのは、最後までかなうことのない片思いだ。

これほど重層的なテーマがありながらも、ひきつけられて思わず一気に読み進んでしまう。これは映画評論家でもあるデュナが、カメラに指示を出すかのように読者の視線をうまく誘導するからだろう。カリフォルニアでの短いプロローグを経て、読者の視点は飛行機から男たちが飛び降りていく島を見る。チェ・ガンウに近づこうとするマックの視線は島内をめぐる。美しい蝶とぬかるんだスラム街、滝のようなエスカレーターと宇宙に向かってそびえるエレベーター。やがて、島から海を越えて移動する。クライマックスではチェ・ガンウと共に地下の〝蜘蛛の巣《ネスト》〟と呼ばれるエレベーター基地に一旦降りてから、スッと宇宙へと昇っていく。カウンターウェイトに向かったのは誰だったのかと考えたとき、「タタタタタ、タタタタタ……」という二〇世紀の映画音楽がそっとヒントを差し出していたことがわかる。切ない結末の後に、ふっと宇宙のどこか未来の風景を映して物語は終わる。

デュナの文章は短文を繰り返し、作品世界に入って行きやすいと言われている。たしかにどの作品を読んでもおもしろく、ワクワクする。例を挙げればきりがないが、『태평양 횡단 특급（太平洋横断特急）』の表題作は、世界中をつなぐ交通網であり治外法権でもある巨大鉄道会社を舞台に、鉄道会社の跡取りとして列車内で生まれて人生のほとんどを列車に揺られて生きる女性の半生と冒険を描いたもので、国境をぐいぐい超えていくスピード

感にあふれている。二〇〇二年に刊行されステディセラーとして今でも色あせていない。また、四話の連作小説からなる『제저벨（ジェゼベル）』は二〇一二年に刊行され二〇二二年に改訂版が、二〇二三年に新版が出版されている。熊のぬいぐるみの船長以下、すでに性別もあいまいで人間の姿もしていない乗組員たちまでも乗せた宇宙船ジェゼベル号が水曜日、木曜日、金曜日、土曜日と名付けられた惑星で冒険を繰り広げる。

すでに読み切れないほどの作品を発表しているデュナだが、二〇二四年には過去作品の改訂版が二作、新作短篇集と中篇が一作ずつ出ている。さらに「私たちに必要だったのはロマンスだけじゃなかった」というテーマで一九九〇年代のSF少女漫画を再解釈するポーラーブックス社のシリーズにも参加していて、シン・イルスクの漫画『1999년생（一九九九年生まれ）』にインスピレーションを得た『2023년생（二〇二三年生まれ）』を発表している。

二〇二四年一月、デュナの作品を熱烈に推薦してくれたのは当時いっしょにベトナムを旅していた韓国のSF小説家のファン・モガだった。あれからちょうど一年で『カウンターウェイト』を日本の読者に届けることになった。翻訳に関わったすべてのみなさんとファン・モガさんに感謝を送りたい。

二〇二四年一二月

訳者略歴　1971年生，東京外国語大学日本語学科，朝鮮語学科卒　翻訳家　訳書『極めて私的な超能力』チャン，『蒸気駆動の男』キム他（以上、早川書房刊），『大邱の夜、ソウルの夜』ソン他多数

HM=Hayakawa Mystery
SF=Science Fiction
JA=Japanese Author
NV=Novel
NF=Nonfiction
FT=Fantasy

カウンターウェイト

〈SF2469〉

二〇二五年一月二十日　印刷
二〇二五年一月二十五日　発行
（定価はカバーに表示してあります）

著　者　デュナ
訳　者　吉《き》良《ら》佳《か》奈《な》江《え》
発行者　早川　浩
発行所　株式会社　早川書房
郵便番号　一〇一 - 〇〇四六
東京都千代田区神田多町二ノ二
電話　〇三 - 三二五二 - 三一一一
振替　〇〇一六〇 - 三 - 四七七九九
https://www.hayakawa-online.co.jp

乱丁・落丁本は小社制作部宛お送り下さい。
送料小社負担にてお取りかえいたします。

印刷・中央精版印刷株式会社　製本・株式会社フォーネット社
Printed and bound in Japan
ISBN978-4-15-012469-4 C0197

本書は活字が大きく読みやすい〈トールサイズ〉です。